Wo die Liebe hinfällt

Geschichten und Gedichte über
ein bemerkenswertes Gefühl

Zusammengestellt von
Martha Schoknecht

Diogenes

Coverillustration:
Illustration von Christoph Niemann

Text- und Bildnachweis am
Schluss des Bandes

Originalausgabe

www.diogenes.ch
900/18/852/1
ISBN 978 3 257 79742 8

»Nicht jeder, den man liebt,
tut einem gut.«

Thomas Meyer

»Alle Geschichten
sind Liebesgeschichten«

Robert McLiam Wilson

Inhalt

Die Postkarte

Am 4. Februar 2017 erreichte mich aus Hamburg folgende Nachricht:

> Sehr geehrte Frau Schoknecht,
> Ihre Jahresgaben sind immer Leseperlen. Gerne mal einen Vorschlag für eine weitere Ausgabe: »Wo die Liebe hinfällt«.
> Herzliche Grüße
> Rainer Neumann

Und nicht nur, dass Herr Neumann mir mit seiner Postkarte die Idee zu diesem Büchlein lieferte – er schickte auch gleich noch eine passende Geschichte:

Groteske Liebe

Von meiner Nachbarin erfuhr ich lakonisch, dass sie bereits zum dritten Mal geheiratet hatte.

»Keine Liebe hält länger als eine Ampelschaltung«, sagte sie mit abgeklärter Miene.

Ihren ersten Ehemann, ihren zweiten und auch ihren dritten hatte sie tatsächlich an einer roten Fußgängerampel kennengelernt.

Ihre großen Lieben, jedes Mal, wie sie schilderte.

Sie war Fußgängerin, im Alltag. Der erste Blickkontakt immer bei Rot.

Ja, der Anfang dieser Beziehungen spielten sich unerwartet an einer Verkehrsampel ab.

In den Rotphasen. Und das Ende ihrer Ehen? Auch das verriet sie.

»Bei Grün musst du gehen«, sagte sie. »Unterschiedliche Wege, wenn die Richtung nicht mehr stimmt.«

Ihre letzte Liebe verlief bereits über das übliche Zeitmaß hinaus.

Ich vermutete, es lag an der neuen Verkehrssituation.

Man hatte die Verkehrsampel, die seit Jahren ihren Dienst versah, ohne große Ankündigung an einen neuen Platz versetzt.

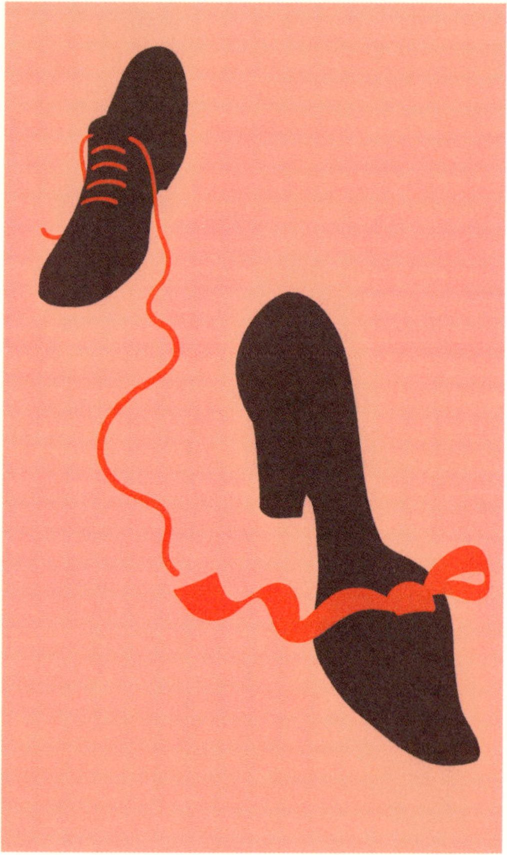

MARTIN SUTER

Fahrni erwischt's

Frau Brogli ist in den Ferien und wird durch Frau Ettlin vertreten. Fahrni ist das scheißegal, vorausgesetzt, sie kann Steno. Er diktiert gerne live.

Aber Frau Brogli, die ihre Ferienabwesenheit dazu benutzen will, Fahrni wieder einmal spüren zu lassen, was er an ihr hat, hat sich für Frau Ettlin entschieden, gerade weil sie nicht Steno kann.

Als Fahrni am Montagmorgen »Diktat« in die Gegensprechanlage knurrt, erhält er zur Antwort: »Ettlin.«

»Hä?«

»Claudia Ettlin, ich vertrete Frau Brogli.«

»Wieso?«

»Frau Brogli ist in den Ferien.«

»Natürlich, wie immer«, mault Fahrni und macht sich auf allerhand gefasst.

Aber nicht auf Frau Ettlin.

Sie schlüpft ins Büro, wischt sich eine Vanillesträhne aus der Stirn und lächelt ihr Himbeerlächeln: »Sie müssen aber ganz langsam diktieren, ich kann kein Steno.«

»Das macht gar nichts, ich habe Zeit«, lächelt Fahrni zurück.

»Ich finde ihn gar nicht so schlimm«, sagt Claudia Ettlin später im Café Huber zu ihren erwartungsvollen Kolleginnen aus dem Vertrieb, wo sie normalerweise arbeitet. »Wir haben sogar diskutiert.«

»Diskutiert? Was denn?«

»Kommas.«

Schon im Verlauf des Nachmittags hat es die Runde gemacht, dass Fahrni mit der Ettlin Kommas diskutiert hat. Dazu muss man wissen, dass zwei Fälle überliefert sind, bei denen Fahrni Frau Brogli mit »dumme Kuh« tituliert hat. Beide Male hatten Kommas den Anstoß dazu gegeben.

»Wie diskutiert?«, erkundigte sich Scheller, der Hausintrigant.

»Fahrni habe ein Komma angeregt, wo die Ettlin keines vorgesehen hatte. Sie hielt es für übertrieben.«

»Und?«

»Er hat es ihr überlassen. Er verlasse sich auf ihren Geschmack, habe er gesagt.«

Ab sofort wird Fahrni enger observiert. Frau Schläfli, Empfang, meldet am nächsten Tag: Nasenhaare getrimmt. Die drahtigen Haarbüschel, die normalerweise aus Fahrnis Nasenlöchern wuchern, sind verschwunden. Ein Detail nur, aber es lässt ihn auf Anhieb gepflegter wirken. Und darauf schließen, dass er sich im Badezimmerspiegel mit anderen Augen betrachtet. Mit Claudia Ettlins Veilchenaugen, wie Scheller vermutet. Womit er nicht ganz unrecht hat.

In den folgenden Tagen erhöht Fahrni die Diktatkadenz von einmal täglich auf fünfmal. Er ist hingerissen vom Ernst, mit der »Frau« Ettlin (wie deplaziert doch die matronenhafte Anrede wirkt) die Zeilen seiner Stegreifbriefe in weit zurückgelehnten Buchstaben auf die Linien ihres Stenoblocks malt. Er erledigt nicht nur die tägliche Korrespondenz, er arbeitet auch die Pendenzen auf. Zuerst die dringenden, dann die liegengebliebenen, dann die erledigten.

An einem der seltenen schönen Sommertage lässt sich Fahrni zu folgendem Satz hinreißen: »Ach, an Tagen wie diesen hätte ich manchmal Lust, den Bettel hinzuschmeißen und einfach loszufahren. Ziellos in den flirrenden Sommer hinein. Sie nicht?«

Claudia Ettlins Antwort macht endgültig einen neuen Menschen aus Fahrni. Er erscheint von nun an in Poloshirts, die er sonst nur in den Ferien trägt.

»Nicht so schnell, bitte, Herr Fahrni«, hat sie nämlich mit einem Augenaufschlag geantwortet. Dass sie den Antrag sorgfältig ins Diktat von »betr. Ihr Schreiben vom 3. ds. …« buchstabiert hat, ist ihm entgangen.

Nicht so viel«, ruft Fahrni aus, als seine Frau Claire sein Tellerchen Tomaten-Mozzarella mit kaltgepresstem Olivenöl (extra vergine) beträufelt. Er achtet seit neuestem auf die Linie. Claire soll es recht sein: In zwei Wochen fahren sie mit den beiden Kindern in die Ferien an die Côte, und ihr graut schon seit einiger Zeit vor der Unbefangenheit, mit der Fahrni am Strand sein weißliches Pökelfleisch zur Schau stellt. Sie führt seine Diät auf ihre boshaften Spitzen wegen seines Übergewichts zurück und freut sich, dass sie nach all den Jahren in ihm noch so viel Eitelkeit mobilisieren konnte. Von Claudia Ettlin ahnt sie nichts.

Das hat sie mit Claudia Ettlin gemeinsam: Während es für den Rest der Firma ein offenes Geheimnis ist, dass Fahrni bis über beide Ohren in die Ferienvertretung seiner Sekretärin Frau Brogli verknallt ist, empfindet Claudia Ettlin Fahrnis Zuvorkommenheit mehr als Beweis dafür, dass er bisher ganz einfach falsch eingeschätzt wurde. An den Debriefings im Café Huber durch ihre Kolleginnen zeichnet sie sich durch wachsende Loyalität mit Fahrni aus, der ihr weiß Gott nichts zuleide getan hat. Im Gegenteil: »Er ist vielleicht der erste Mann hier, der nichts von mir will.«

»Aber fünfmal täglich zum Diktat«, geben die Interviewerinnen zu bedenken.

»Bei Frau Brogli ist halt viel liegengeblieben«, klärt sie sie auf. Die Interviewerinnen tauschen vielsagende Blicke.

Fahrni benützt jetzt ein Eau de Toilette. Wenn man nach ihm den Lift betritt, riecht es am Morgen nicht mehr nach Green-Apple-Duschgel und nach der Mittagspause nach bürgerlicher Küche, sondern morgens nach Green-Apple-Duschgel mit Joop! und nachmittags nach bürgerlicher Küche mit Joop!. Ansonsten ist eine gewisse Stagnation eingetreten.

Obwohl die Zeit drängt. Die Rückkehr der legitimen Sekretärin steht bevor (am Brett hängt eine Postkarte aus Samos: »Bald schon heißt's ans Abschiednehmen denken«), und bei Fahrnis zu Hause ist der Streit um die Frage, ob Peter (18) »mit an die stiere Côte kommen muss«, voll entbrannt.

Die Firma wartet gebannt auf Fahrnis nächsten Schritt.

Endlich meldet Frau Schläfli, Empfang: Verdacht auf Solarium. Tatsächlich weist Fahrnis Gesicht eine rötliche Färbung auf, wie nach einer körperlichen Anstrengung oder einem verlängerten Businesslunch. Es ist aber mitten am Vormittag, und Fahrni ist mit dem Lift aus der Garage gekommen.

Claudia Ettlin wird in erhöhte Alarmbereitschaft versetzt. Aber ihr fällt nichts auf. »Wahrscheinlich will er sich vorbräunen für die Ferien«, sagt sie.

Womit sie in gewisser Weise recht hat. Fahrni will sich vorbräunen für die Zeit, in der seine Familie ohne ihn in den Ferien ist. Er hat nämlich beschlossen, sich etwas dazwischenkommen zu lassen und erst in der zweiten Woche nachzureisen.

Fahrni schützt zu Hause einen kurzfristig anberaumten Besuch aus der Zentrale vor und kommt damit erstaunlich glatt durch, weil sein Bleiben die Diskussion um Peters Mitfahren beendet: Unter diesen Umständen fährt Peter selbstverständlich lieber mit.

Am Freitagabend vor der Abreise der Familie sitzt Fahrni in seinem Büro und überlegt, ob er schon heute bei Claudia (wie er sie jetzt bei sich nennt) den nächsten Schritt machen soll, als sie schüchtern den Kopf hereinstreckt. Fahrni bleibt das Herz stehen.

»Ich wollte mich nur verabschieden«, wispert sie.

»Nicht nötig, ich fahre noch nicht in die Ferien«, lächelt er verheißungsvoll.

»Aber ich«, strahlt sie zurück.

Liebe und Betriebe: Und Frau Brogli?

Die erste Überraschung an Frau Broglis erstem Arbeitstag nach den Ferien ist Fahrni. Warum er seiner Familie erst in einer Woche folgt, ist ihr aufgrund seiner Pendenzen und Agenda ein Rätsel. Und dass er ein türkisfarbenes Lacoste-Shirt trägt und nach Herrenparfum riecht, findet sie beunruhigend. Mit dem untrügerischen Instinkt der langjährigen Kraft. Auch sonst ist ihr Chef verändert. Zerstreut irgendwie. In Gedanken woanders. Zwei Stunden später weiß Frau Brogli auch, wo: auf Rhodos bei Claudia Ettlin, diesem kleinen Luder. Und auch über die anderen Einzelheiten der Affäre Fahrni / Ettlin weiß sie Bescheid. Sie könnte sich ohrfeigen für diese Fehlbesetzung ihrer Ferienvertretung. Bis zu fünfmal zum Diktat! Und das ohne Steno!

»Ich hoffe, Sie hatten nicht allzu große Probleme mit Frau Ettlin«, bemerkt sie, als Fahrni, ohne Fahne!, vom Mittagessen zurückkommt.

»Nein, im Gegenteil. Sie ist schon erstaunlich tüchtig für ihr Alter.«

Frau Brogli steckt das weg. »Ach, da bin ich aber froh. Der Zustand der Ablage ließ nämlich das Schlimmste befürchten.« Aber der Blick, mit dem sie Fahrni für diesen Giftspritzer straft, sagt ihr: Es ist ernst.

Der Zustand der Ablage ist in Wahrheit alles andere als schlimm. Auch der Schreibtisch ist aufgeräumt. Und das, was so riecht, ist ein Apfel, den Frau Brogli selber in ihrer Privatschublade vergessen hat, zu der sie der Ettlin keinen Schlüssel dagelassen hatte.

Was ihr noch mehr Sorgen macht: Fahrni bittet sie nicht zum Diktat. Als sie ihn beiläufig fragt, ob er heute noch etwas zu diktieren habe, antwortet er: »Ich glaube nicht, wir sind à jour.«

Am nächsten Tag ertappt sie ihn in ihrem Büro: Sie war kurz an der Kaffeemaschine und hat ihre Tür halb offen gelassen. Als sie zurückkommt, sieht sie, wie er träumerisch auf ihren Platz starrt und sich, da macht sie sich nichts vor, nicht Veronika Brogli darauf vorstellt.

Der Rest der Woche macht es dann deutlich: Ihr Arbeitsverhältnis ist schwer gestört. Ihr persönlicher Kontakt beschränkt sich auf das Bitternötigste (Kaffeemachen, Verleugnen, Abwimmeln, Erinnern und Vergessen). Ansonsten ist sie Luft. Dabei hat sie, das wird ihr von verschiedener Seite bestätigt, schon lange nicht mehr so gut ausgesehen wie nach diesen drei Wochen Samos. Die Küche ist ihr schlecht bekommen und die Sonne gut. Daher ist sie sehr braun und etwas schlank geworden und empfindet die Situation als besonders demütigend.

Nicht, dass sie auch nur das geringste Interesse an einer Affäre mit dem Chef hätte, selbst wenn er attraktiver wäre als der arme Fahrni. Darum geht es nicht. Es geht ums Prinzip. Um das hierarchische und um das der Anciennität. Frau Brogli besitzt die Prokura und ist seit 1982 Fahrnis Vorzimmer.

Und um Fahrni selbst geht es ihr auch. Der Mann macht sich lächerlich mit seinen engen Polos, seinen Eaux de Toilette und seinem verklärten Blick. Man nimmt ihn nicht mehr ernst. Und darunter leidet letztlich auch das Prestige des Vorzimmers.

Was aber den Ausschlag für Frau Broglis Entschluss gibt einzuschreiten, ist die Solidarität zwischen Ehefrau und Sekretärin, die in solchen Fällen zum Glück immer wieder funktioniert. Als Fahrni Ende der Woche der Familie an die Côte folgt, ist Frau Brogli fest entschlossen, die Tage, an denen die Ettlin vor Fahrni zurück ist, zu nutzen und für ein rasches Ende der Affäre zu sorgen.

Von welcher Claudia Ettlin auf Rhodos noch immer nicht ahnt, dass sie sie hat.

DORIS DÖRRIE

Frauen allein in Hotelzimmern

Fanny war einfach unfähig zu Affären, sie verliebte sich, und wenn es nur für eine Nacht war. Vielleicht nicht unbedingt in den ganzen Mann, manchmal reichte ihr auch schon die Art, wie er lachte, wie kraftvoll seine Hände auf dem Lenkrad aussahen, oder wie rührend er nackt wirkte. Jedes Mal wieder wälzte sie sich begeistert in ihren Liebesgefühlen wie ein Pferd auf einer Frühlingswiese, sie stand am nächsten Tag bei dem Geliebten vor der Tür, ihre gesamte Habe in ein paar Plastiktüten gestopft, und bot romantische Liebe an wie andere Zeitschriftenabonnements. Bisher hatten alle Männer Fanny geschmeichelt die Tür geöffnet und sie in ihr Leben hereingelassen. Alle. Fanny war so hingebungsvoll, so begeisterungsfähig, so rückhaltlos. Aber sie forderte auch rückhaltlose Gefühle. Und wenn sie sie nicht bekam, wurde sie anstrengend. Dann zerrte sie wütend an der Seele ihres Geliebten wie ein Hund an seiner Beute, nie mochte sie glauben, dass dort vielleicht gar nicht so viel verborgen war, wie sie angenommen hatte. Sie gab erst auf, wenn sie vollkommen erschöpft war, wenn nichts mehr da war, in das sie ihre Zähne schlagen konnte, nur noch matte, pappige Wiederholung. Dann verliebte sie sich in den Nächsten, packte ihre Plastiktüten und verschwand.

Klaus begriff erst Tage später, dass sie wirklich fort war, denn sie war mit ihren Tüten aus der Tür gegangen, als wolle sie nur schnell den Abfall hinunterbringen.

Als die Tür ins Schloss fiel, atmete er auf. Er war es leid, ständig lieben zu sollen. Er wollte in Ruhe dasitzen, aus dem Fenster schauen, ein Buch lesen, schweigen.

Paul war das vollkommene Gegenstück zu Klaus. Während Klaus Fanny immer vorgekommen war wie ein Stier (nicht nur wegen seines Sternzeichens), erinnerte Paul sie an eine Giraffe. Er war blond, zart und bleich, heimlicher Dichter und Volvofahrer.

Zum Broterwerb arbeitete Paul für die Hörfunkreihe »Kultur«, Fanny war Tontechnikerin bei demselben Sender. Durch die Glasscheibe im Studio hatten sie sich monatelang beäugt wie Fische in zwei angrenzenden Aquarien. Ihre Stimmen drangen durch die Mikrophone, als gehörten sie nicht zu ihnen, das machte sie mutig. Bald flüsterten sie sich ihre Arbeitsanweisungen zu wie Liebkosungen, Sätze wie »Könnte ich von Ihnen bitte eine Sprechprobe haben?« und »Können Sie den Versprecher vielleicht rausschneiden?« klangen in ihren Ohren wie ein Versprechen wilder Leidenschaft.

Als sie dies dann das erste Mal einzulösen versuchten, erschrak Fanny über Pauls zerbrechlichen Kinderkörper und er über ihre Masse. Während Klaus Häuser im Landhausstil in den Münchner Vororten verkaufte, lagen Paul und Fanny in seinem Bett, in seiner Wohnung. Es fiel Fanny schwer, sich nach Klaus an Pauls dünnen Körper zu gewöhnen, ihre Bewegungen fielen immer etwas zu groß und weiträumig aus, sie war erstaunt, wie weit sie ihre Arme um seinen knochigen Rücken schlingen konnte. Sie flüsterten etwas von Liebe, aber ohne Mikrophone klangen ihre Stimmen seltsam flach. Als sie sich wieder anzogen und Paul nackt vor ihr stand, fand sie ihn plötzlich erschreckend hässlich. Er sah aus wie ein halb verhungerter Vogel, das T-Shirt, das er sich überstreifte, hätte einem Sechsjährigen gepasst, er grinste sie schüchtern an, hielt seine Unterhose in der Hand und schlenkerte sie hin und her. Fanny erschrak über seinen Anblick so sehr, dass ihre ganze Liebe zu ihm aus ihr entwich wie die Luft aus einem Luftballon. Sie hörte förmlich, wie es *pffffffft* machte. Aber da sie Paul zu ihrem Befreier von Klaus auserkoren hatte und sie jetzt nicht plötzlich das Stück umschreiben und sich eine neue Besetzung für die Rolle des edlen Ritters suchen konnte, sprang sie auf Paul zu und überschüttete ihn mit Liebesschwüren, schmiegte sich an ihn, schnurrte und ließ sich liebkosen, bis sie endlich wieder etwas für ihn empfand.

Eine Woche später verließ Fanny Klaus' Wohnung, stieg samt ihrer Plastiktüten in Pauls Volvo, und er fuhr mit ihr davon. Nicht besonders weit allerdings. Fanny hätte Pauls Automarke vielleicht ein bisschen mehr Beachtung schenken sollen. Klaus fuhr BMW. Das passte zu ihm. Sportlich, eine Spur angeberisch, potent. Und Paul einen alten Volvo. Er war eben ein vorsichtiger Mensch. Während Fanny noch seine schlanken, weißen Hände auf dem Steuerrad bewunderte (wie drei Jahre zuvor Klaus' kräftige Pranken auf einem anderen Steuerrad), da hielt Paul vor einer Pension.

»Ich kann mir vorstellen, dass ich vielleicht irgendwann auch mit dir zusammenleben möchte«, sagte Paul, »aber nicht jetzt.«

Das war neu für Fanny. Sie verstand nicht, wie man denn nicht Tag und Nacht zusammen sein wollte, wenn man schon ineinander verliebt war.

»Verstehe«, sagte sie schwach.

Das Zimmer in der Pension war groß und hübsch, eine rosa Nelke stand auf dem Tisch, auf einem riesigen Bild über dem Bett tummelten sich nackte, mit

Blumenkränzen behängte Kinder um einen Weiher. Zum ersten Mal seit ihrem Auszug aus dem Elternhaus mit neunzehn war Fanny Finck allein. Sie kaufte sich sofort einen tragbaren Fernseher, um der Einsamkeit zuvorzukommen, und sagte mehrmals laut in den Raum, als sie abends, die Fernbedienung in der Hand, auf dem Bett lag und von einem Kanal zum nächsten schaltete: »Endlich allein.«

Es überfiel sie sogar eine gewisse Euphorie. Jahrelang hatte sie all die tapferen Frauen in den Büchern von Doris Lessing, Jean Rhys, Ingeborg Bachmann und Marguerite Duras bewundert und beneidet, jetzt war sie eine von ihnen. So etwa bis zehn, elf Uhr abends. Dann war ihre Kraft erschöpft, und sie rief Paul an.

»Ich wollte nur hören, wie's dir geht.«

»Geht so. Was machst du?«, fragte er zurück.

»Warum interessiert dich das?«, sagte Fanny und seufzte ein bisschen.

»Was ist los?«

»Nichts ist los.«

»Ich höre doch, dass du was hast«, sagte Paul.

»Nein«, sagte sie, »es geht mir gut.«

»Warum sagst du mir nicht die Wahrheit?«

»Ach«, stöhnte Fanny, und ihre Stimme zitterte ein bisschen, »es macht mich traurig, dass alles immer so schön anfängt und so hässlich endet.«

»Es ist seltsam«, sagte Paul, »ich lerne Frauen immer dann kennen, wenn es ihnen schlecht geht. Und wenn es ihnen wieder besser geht, verlassen sie mich.«

»Ich nicht«, sagte Fanny.

Stumm schlenderten sie durch die nassen Straßen, die Sommerblätter an den Bäumen glänzten fettig im Neonlicht, Paul trug dünne Lederstiefeletten, die ihm etwas Verschrobenes gaben. Als er in seine Straße einbog, anstatt Fanny zuerst bei ihrer Pension abzuladen, dachte sie schon, sie habe gewonnen.

»Willst du heute Nacht bei mir bleiben?«, fragte Paul und sah sie dabei nicht an.

»Wie du willst«, sagte Fanny, um nicht zu bedürftig zu erscheinen, und lächelte ihn sanft an.

»Nein, wie du willst.« Er lächelte zurück. O Gott, dachte Fanny, warum nimmt er mich nicht einfach mit, warum zwingt er mich, mich zum Narren zu machen?

»Du musst mir schon sagen, was du willst«, sagte Paul.

Fanny sah auf ihren roten Seidenrock, den Klaus ihr geschenkt hatte, als sie zusammen in Verona waren. Warum nur habe ich Klaus verlassen, dachte sie und konnte sich im Moment nicht mehr dran erinnern.

»Ich glaube«, sagte sie schließlich, »dass du eigentlich lieber allein wärst.«

»Woher willst du das wissen?«

»Doch, doch«, sagte Fanny und versuchte, klug und gelassen auszusehen. »Du möchtest eigentlich viel lieber allein sein.«

»Na ja«, sagte Paul, »ich könnte dann noch mein Feature über den russischen Film fertig schreiben.«

»Siehst du«, sagte sie.

»Ich liebe dich«, sagte er.

Als Paul in seinem Haus verschwunden war, setzte sie sich auf einen Mauervorsprung und heulte vor Wut. War es denn so unmöglich, einfach und gemütlich geliebt zu werden? Fanny bot sich doch dafür an wie ein großes, weiches Sofakissen.

»Du Idiot! Du verdammter Idiot!«, schrie sie zu Pauls erleuchtetem Fenster hinauf. Eine kleine, alte Frau mit Hund kam vorbei, die sie nicht weiter beachtete. Der Hund schnüffelte gleichgültig an Fannys Schuhen, als ein nachtblauer BMW-Cabrio um die Ecke bog und ganz langsam die Straße entlangfuhr. Ein blauer BMW, wie Klaus ihn hat, dachte Fanny und sehnte sich nach Klaus wie nach einem alten, löchrigen, aber bequemen Pullover. Erst als das Auto schon fast an ihr vorbeigefahren war, erkannte sie ihn. Er sah nicht zu Fanny, sondern zur gegenüberliegenden Straßenseite, er presste sich dicht an die Scheibe, um zu Pauls Wohnung hochzusehen. Fanny wagte kaum zu atmen vor Anspannung. Sie drückte sich in einen Hauseingang und wartete. Dreimal noch fuhr Klaus um den Block und wieder die Straße entlang, ganz langsam an Pauls Wohnung vorbei, in der er sicherlich auch Fanny vermutete. Fanny konnte Klaus' Gesicht nicht erkennen, nur sein eckiges Profil, seine breiten Schultern. Sie stellte sich vor, wie Klaus mit einem Beil in der Hand in Pauls Wohnung einbrechen würde, um beide, Paul und Fanny, zu erschlagen. Nein, nicht sie, nur Paul. Natürlich nur Paul. Sie gehörten doch zusammen, Klaus und Fanny, Fanny und Klaus. O Gott, stöhnte Fanny, warum besteht das Gehirn so lange auf dem gewohnten Zeug? Wie ein kleines, nervtötendes Kind. Warum? Warum ist es nicht mehr so, wie es mal war? Warum, warum?

Oben in seiner Wohnung setzte Paul sich gerade an seinen Schreibtisch. Seine blonden Haare leuchteten im Schein der Schreibtischlampe. Er beugte sich über seine Schreibmaschine.

Lange stand Fanny noch da. Sie hoffte und fürchtete gleichzeitig, Klaus möge noch einmal vorbeikommen. Sie wäre dann zu ihm ins Auto gestiegen, als wäre nie etwas geschehen.

In einer Kneipe betrank sie sich innerhalb einer halben Stunde mit Wodka-Tonic.

Zurück in ihrer Pension kam sie sich vor wie die Hauptdarstellerin in einem tschechischen Film, Verzweiflung in Schwarzweiß.

Zum ersten Mal in ihrem Leben ließ der Schlaf sie im Stich. Schon ganz früh, als Schulkind, hatte sie ein Stillhalteabkommen mit der Welt geschlossen, indem sie einfach so viel wie möglich von ihr verschlief.

»Du verschläfst ja dein halbes Leben!«, hatte ihre Mutter immer gerufen und energisch die Vorhänge aufgerissen.

»Ich muss«, hätte Fanny ihr gern erklärt, »nur so kann ich diese beschissene Welt ertragen.« Im Schlaf fühlte sie sich nie allein. Im Schlaf war ihr Leben angenehm, bunt und interessant. Und ausgerechnet jetzt ließ der Schlaf, ihr alter Verbündeter, sie im Stich. Er kam nur noch als dünner Schleier, der sie nicht von sich selbst erlöste wie sonst, sondern ihr ihre schlimmsten Kindheitsphantasien immer wieder vorspielte. Alle Menschen um sie herum starben, zuerst ihre Eltern, dann ihre Geschwister, ihre Tanten und Onkel, Klaus, immer wieder Klaus, die Leute in dem Haus, in dem sie mit Klaus gewohnt hatte, die Gemüsefrau an der Ecke, ihre beste Freundin, die Bauarbeiter von gegenüber, ihre alte Lehrerin Frau Miel, ihre verflossenen Liebhaber, Paul, alle, die sie kannte, und schließlich die ganze Stadt, die ganze Menschheit. Sie ließen Fanny kaltlächelnd zurück, sie war die Einzige, die übrigblieb. Allein auf der Welt. Von ihrem eigenen Weinen wachte sie meist auf und hörte sich verwundert zu, wie sie so heftig schluchzte, dass ihr davon schon die Kehle rauh und das Kopfkissen nass war.

Paul erkannte in ihrem Alptraum ihren Trennungsschmerz von Klaus. Wie ungemein klug, dachte Fanny und sah ihm zu, wie er redete und redete, wie er sich die Haare mit seinen langen, dünnen Fingern aus dem Gesicht strich, sie beobachtete seinen Mund, sie konzentrierte sich darauf, wie sich seine Lippen öffneten und schlossen, wie die Zunge zwischen sie fuhr, sie befeuchtete und wieder verschwand in der dunklen Mundhöhle. Schließlich stand sie auf, legte ihre Arme um seinen Hals, küsste ihn leicht, knöpfte sein Hemd auf, fuhr ihm durch die spärlichen Brusthaare, strich ihm spielerisch über die Schenkel. Sie knabberte an seinem Ohr und legte seine Hände auf ihre Brust. Er sah sie nachsichtig an wie ein Kind, das zum hundertsten Mal das gleiche Spiel spielen will.

»Warum liest du nicht lieber ein gutes Buch?«, fragte er und nahm ihre Arme von sich, als nehme er einen Schal ab. Sie las eine Menge guter Bücher in dieser Zeit. Manchmal konnten sie sie davon überzeugen, dass sie doch genau das Leben führte, von dem sie immer geträumt hatte: allein in einem Hotelzimmer, unabhängig, frei, ein gutes Buch, das Nachmittagskonzert im Radio, ein Stück Erdbeerkuchen mit Sahne, Schnee und dunkle Kälte vorm Fenster. Genau dahin, wo sie jetzt war, hatte sie sich doch immer hingeträumt, wenn sie sich von all ihren Männern zu wenig – oder falsch – geliebt fühlte. Aber jetzt empfand sie die so oft ersehnte Insel nur als einsam und öd. Sie kam nicht dahinter, warum in den Romanen Frauen allein in Hotelzimmern immer so romantisch wirkten, so beneidenswert selbstbewusst und edel. Fanny fühlte sich allein nur unattraktiv und irgendwie nicht ganz existent. Wie eine Seifenblase, die jeden Moment zerplatzen konnte.

Das alles war nur Pauls Schuld.

»Du liebst mich nicht!«, schrie sie ihn an.

»Doch«, antwortete er ruhig, »bloß nicht so, wie du es gewohnt bist. Du glaubst nur demjenigen, der dir Gewalt antut. Du willst das große Drama mit Blut und Tränen.«

»Blödsinn. Nur ein bisschen mehr Leidenschaft.«

»Die Leiden schafft«, sagte er. Wenn sie seine Teller an die Wand warf, addierte er nur leise lächelnd den Preis. Sie hätte ihn gern geschlagen, einen Funken Leidenschaft aus ihm herausgeprügelt, einen Hauch Wahnsinn nur, eine Spur von Gefahr. Aber er, da war sie sicher, würde nicht zurückschlagen. Vor Klaus hatte sie sich gefürchtet und ihn gleichzeitig immer wieder so lange gereizt, bis er zuschlug. Sie prügelten sich in regelmäßigen Abständen, und wenn sie sich dann versöhnten, weinte Fanny zum Steinerweichen und fühlte sich hinterher wie neugeboren. Über die Jahre brauchte es dazu allerdings immer härtere Kämpfe und immer mehr Tränen, und manchmal dachte Fanny gelangweilt, während sie noch schluchzte und sich die blauen Flecken rieb, wie lange muss ich jetzt noch heulen, bis endlich alles wieder gut ist.

»Was willst du bloß von mir?«, fragte Klaus.

»Dass du mich liebst«, antwortete sie.

»Mit Liebe hat das alles nichts zu tun«, sagte Paul und fegte die Krümel auf dem Tisch zu einem kleinen Häufchen zusammen, nahm ein Stück Papier, schob es sorgfältig unter die Krümel und trug es zum Abfalleimer.

In ihren schlaflosen Nächten beobachtete sie Paul von der gegenüberliegenden Straßenseite aus, wie er an seinem Schreibtisch saß, die blonden Haare im Schein der Lampe fast weiß, tief vornüber gebeugt, in seine Arbeit versunken, völlig geborgen in seiner Einsamkeit. Beneidenswert, romantisch allein, so wie die Romanfiguren. Sie begann ihn dafür zu hassen, dass sie darunter litt, allein zu sein.

Wenn er seine Artikel und Kritiken im Funk vorlas, schaltete sie das Studiomikrophon aus und überschüttete ihn mit Verwünschungen. Dabei lächelte sie ihm durch die Glasscheibe zu, und er lächelte arglos zurück. Sie zwang ihn, indem sie technische Schwierigkeiten vortäuschte, seinen Artikel, drei-, vier-, fünfmal zu lesen. Wenn er sich verhedderte und wieder von vorne anfangen musste, wies sie ihn darauf hin, dass die gebuchte Studiozeit bald ablief und er seinen Beitrag leider nicht pünktlich würde abliefern können. Sie hoffte, betete, flehte, er möge einmal wütend werden, einmal die Kontrolle verlieren, einmal leidenschaftlich werden, aber es geschah nichts. Er räusperte sich nur, mahnte sie freundlich, doch nicht nervös zu werden, kratzte sich mit dem Stift am Kopf, dass es durchs Mikrophon donnerte wie ein Gewitter, und fing von vorne an. In der Rundfunkkantine eröffnete er ihr, während er ein Viertel Schnitzel und ein Salatblatt zu Mittag aß (mir sind Menschen, die nie hungrig sind, unsympathisch, dachte Fanny), dass er übers Wochenende nach London fliege, um über eine Ausstellung der deutschen Expressionisten zu berichten.

»Du könntest mitkommen«, sagte er. Sie schwieg verstockt. Sie wollte keine Angebote im Konditional.

»Aber vielleicht hast du ja schon anderweitige Pläne«, fuhr er fort. Du Idiot, dachte sie, schnapp mich doch einfach und nimm mich mit, nimm mich doch einfach mit! Sie schwiegen beide. Dann stand er auf und nahm sein Tablett. »Ich schätze, ich sehe dich dann am Montag«, sagte er.

»Ja«, stotterte sie, »wenn du mir früher etwas von der Reise gesagt hättest ... aber ich habe schon so viele Verabredungen ...«

»Na ja, dann vielleicht ein andermal«, sagte er.

»Isst du dein Schnitzel nicht mehr?«, fragte sie. Erstaunt sah er auf sein Tablett.

»Du hast recht, wäre jammerschade drum«, sagte er, gab ihr den Teller, winkte noch einmal und verschwand. Ich hasse ihn, dachte Fanny.

Später rief sie ihn an und erbot sich, ihn zum Flughafen zu fahren.

Auf dem Weg dorthin erzählte er ihr den jüdischen Witz von dem Mann, der eine Geliebte hat und, als seine Frau dahinterkommt, sich damit entschuldigt, dass schließlich jeder Mann im Ort eine Geliebte habe und er sehe sie ja auch nur zweimal im Jahr, denn sie sei – wie die Geliebten der anderen Männer auch – Tänzerin in der Ballettgruppe, die zweimal im Jahr am Ort zu gastieren pflegte. Seine Frau besteht darauf, das nächste Mal mit ihrem Mann ins Ballett zu gehen. Sie mustert alle Tänzerinnen eingehend, dann fragt sie ihren Mann: »Wer ist die Zweite von links?«

»Das ist die Geliebte vom Bäcker.«

»Und die Dritte von rechts?«

»Die vom Arzt.«

»Und die in der Mitte?«

»Die Geliebte vom Lehrer.«

»Und wer ist die ganz außen?«

»Das … das … na ja … das ist meine.«

Seine Frau schweigt einen Moment, dann sagt sie aufatmend: »Unsere ist die Schönste.«

Warum, dachte Fanny, während sie lachte, erzählt er mir ausgerechnet diesen Witz?

Bis zum letzten Augenblick, bis Paul schließlich durch die Passkontrolle verschwand, glaubte sie, er würde irgendwann ein zweites Ticket aus der Tasche ziehen, und sie sah sich bereits lächeln und ihm um den Hals fallen. Verloren stand sie in der Abflughalle herum, dann rief sie Klaus an.

»Ja?«, sagte er knapp. Bei dem Klang seiner Stimme, bei diesem winzigen Wort »Ja?« fiel ihr mit einer solchen Macht ihr ganzes Unglück mit ihm wieder ein, wie sonst nur ein Geruch Erinnerungen zurückbringen kann. Sie legte so schnell auf, als hätte sie sich am Telefonhörer die Hand verbrannt.

Sie setzte sich an die Flughafenbar »Take Off« und trank drei Cognac. Neben ihr saß ein stämmiger, dunkelhaariger Mann Mitte dreißig, der sie stark an Klaus erinnerte, aber eben nicht Klaus war.

Er hieß Xaver, war Modedesigner und wartete auf einen Geschäftspartner aus Mailand. Als der Flug aus Mailand wegen Nebel nach Frankfurt umgeleitet wurde, fuhr Fanny mit ihm zurück in die Stadt und ging mit ihm ins Bett.

Als Paul am Montag aus London zurückkehrte, war sie verliebt und hatte bereits ihre Sachen aus der Pension in Xavers Wohnung gebracht.

Als sie abends neben Xaver im Bett lag, schloss sie die Augen und sah eine Frau in einem Hotelzimmer allein auf dem Bett liegen, eine Frau mit rostroten Haaren in einem hellblauen Bademantel, sie las ein Buch, im Radio gab es das Klassikkonzert am Nachmittag, neben ihr auf dem Nachttisch stand ein Teller mit Erdbeerkuchen.

»Beneidenswert«, dachte Fanny. Dann schlief sie ein.

MARKUS BERGES

busfahrt

nachdem sie gegangen war, stand ich vor dem spiegel und stellte mir vor, wie ich ausgesehen hatte hinter der anrichte, am frühen morgen beschäftigt damit, butter und marmelade zu portionieren. ich trug sandalen, braune socken, jeans und ein schwarzes sweatshirt. die tür hatte ich gehört, und dann war sie auf mich zugekommen. sie sagte: »ich möchte das ladegerät abholen« ich sagte: »ich glaube, es ist im dienstzimmer«, verließ die küche und ging durch den flur in den verglasten raum. sie folgte mir und blieb vor der tür stehen. ich zog den stecker raus, ging zu ihr, gab ihr das gerät und fragte: »von welcher station kommst du?« sie antwortete: »station johannes« und sagte sicherlich auch »danke« und »tschüss« und ich ebenfalls etwas zum abschied. ich sah ihr hinterher, als sie wegging. dann hantierte ich wieder in der küche. schließlich ging ich in den aufenthaltsraum zum spiegel. ich habe von ihr nicht mehr gesehen als augen, busen, pullover, po, hose, haar, in dieser reihenfolge; augen, kaum anzuschauen, und busen, erhaben, nicht klein, pullover

grün, und po gefiel mir so, in jeans, und haar bis zu den schulterblättern, rot und braun glänzend, vielleicht sehr früh noch vor der fahrt zum dienst gewaschen. ich konnte sie an diesem vormittag nicht vergessen und später, während der rückfahrt in meinem nissan diesel, hätte ich den kopf ans kalte fenster lehnen können, wie ich es früher auf klassenfahrten getan hatte, in gedanken an mädchen, in die ich verliebt war, in bussen, deren scheiben vibrierten. das fiel mir ein, als ich ausstieg.

JASON STARR

Stalking

Peter begriff einfach nicht, warum Katie nicht zurückrief. Gut zwei Stunden war es her, dass er ihr die Nachricht aufs Band gesprochen hatte; mit Sicherheit hatte sie die zwischenzeitlich abgehört. Sie hatte nicht erwähnt, dass sie heute Abend was vorhatte. Hatte sie nicht sogar behauptet, dass sie noch was arbeiten musste? Selbst wenn sie unterwegs gewesen war, einkaufen oder so, musste sie inzwischen längst wieder zu Hause eingetroffen sein.

Peter lag auf dem Hotelbett und sah *Schlaflos in Seattle* ohne Ton. Er hätte am liebsten gleich noch einmal angerufen oder es auf ihrem Handy versucht, aber das war dann vielleicht doch zu viel des Guten. Wenn sie dranging, konnte er natürlich sagen, dass der Anrufbeantworter so komisch gepiept hätte und er deswegen annähme, dass der Apparat vielleicht nicht richtig funktionierte. Wenn er das völlig normal rüberbrachte, ging es vielleicht gut, aber wenn nicht, wenn sie der wiederholte Anruf auch nur ein winziges bisschen misstrauisch machte, konnte der Schuss nach hinten losgehen. Sie würde denken, er laufe ihr hinterher oder, schlimmer noch, er wäre ein Freak. Das Risiko wollte er lieber nicht eingehen, und schon gar nicht zu einem Zeitpunkt, wo alles wie am Schnürchen lief.

Wie aber konnte es angehen, dass er den Rest des Abends auf das Klingeln des beschissenen Telefons warten sollte? Ihm blieben genau zwei Möglichkeiten: Es jetzt sofort noch einmal zu probieren oder zu warten und sie irgendwann nächste Woche im Büro anzurufen. Peter entschied sich für Möglichkeit Nummer eins. Er hatte seine Karten doch schon mit dem ersten Anruf offen auf den Tisch gelegt; wenn er jetzt ein oder zwei Tage wartete, glaubte sie vielleicht, er hätte das Interesse verloren.

Also rief er sie noch einmal auf dem Festnetz an, und als der Anrufbeantworter wieder ansprang, blieb ihm keine andere Wahl, als eine zweite Nachricht für sie zu hinterlassen.

Mist, warum hatte er es nicht erst auf dem Handy probiert? Jetzt konnte er nur noch die Hände in den Schoß legen und ihren Rückruf abwarten. Denn wenn er sie nun auch noch auf dem Handy anrief und sie später bei ihrer Rückkehr die erste und die zweite Nachricht vorfand und das Handy noch einen dritten verpassten Anruf von ihm anzeigte, musste sie ja glauben, er hätte nicht mehr alle Tassen im Schrank.

Also versuchte er, sich wieder auf den Film zu konzentrieren. Obwohl er ihn schon unzählige Male gesehen hatte, guckte er ihn immer wieder gern. Das erste Mal war er gerade mal sechzehn gewesen. Er hatte sich den Streifen in dem Videoladen in Lenox ausgeliehen und fand ihn so toll, dass er das gesamte Wochenende nichts anderes tat, als immer wieder den Film zu schauen. Jedes Mal, wenn Tom Hanks Meg Ryan in der Schlussszene auf dem Empire State Building das erste Mal gegenübertrat, musste er weinen. Dieser Blick ... dieser Blick von Tom Hanks verriet echte, tiefe Sehnsucht, zeigte, dass er endlich begriffen hatte. Es gab noch mehr Filme dieser Art, die Peter sich immer wieder ansehen konnte, hauptsächlich klassische Liebesgeschichten der achtziger und neunziger Jahre, *Pretty Woman*, *Dirty Dancing*, *Harry und Sally*. Er liebte es, wenn er wusste, welche Szene als Nächstes kam. Aber es musste eine Liebesgeschichte sein oder zumindest ein Film mit einer Liebesromanze. Peter hasste Gewalt. Beim Anblick von Blut – auch wenn er wusste, dass es falsches Blut war – wurde ihm übel.

Peter konnte es kaum noch erwarten, endlich in die frisch renovierte Wohnung zu ziehen und zusammen mit Katie in dem neu eingerichteten Heimkino Filme zu schauen. Vielleicht würde er um der alten Zeiten willen die nagelneue, hoch moderne Anlage mit *Schlaflos in Seattle* einweihen. Katie würde diesen Film natürlich auch lieben, weil sie einfach alles mochte, was er mochte. Vielleicht würde er sie oben auf dem Empire State Building fragen. Sie würde es zu schätzen wissen, dass er den Ort mit so viel Bedacht gewählt hatte, und sie würden diesen wunderbaren Augenblick ihr ganzes Leben nicht vergessen.

Offensichtlich gab es auf dem Kanal eine ›Romantische-Komödien-Sondernacht‹-Aktion oder so, denn direkt nach *Schlaflos in Seattle* brachten sie *Till There Was You*, ein Film, der ebenfalls auf Peters Top-Ten-Liste stand. Nach einer weiteren Stunde vor dem Fernseher meldete sich Peters Magen, schließlich hatte er seit dem Muffin zum Frühstück nichts mehr bekommen. Peter beschloss, rasch was essen zu gehen. Gegenüber auf der anderen Straßenseite gab es einen recht guten Japaner, bei dem er schon öfter gegessen hatte. Er setzte sich an die Sushi-Bar und bestellte sich Chirashi, doch seine Gedanken kreisten so konzentriert um Katie, dass er nur ein paar Bissen runterbrachte. Es ärgerte ihn gewaltig, dass er sich nicht mehr genau an jedes Wort von Katie erinnern konnte. Zwar gelang es ihm, das Meiste zu rekapitulieren, aber es gab auch Lücken. Wenn er sie das nächste Mal traf, würde er

einen Rekorder mitnehmen und das Gespräch aufnehmen, damit er es später noch einmal abhören konnte. Obwohl Peter sehr zufrieden war mit fast allem, was er gesagt hatte, wünschte er doch, er hätte nicht so abweisend reagiert, als sie ihn mit ihrer Freundin verkuppeln wollte. Es war ihm zwar gelungen, dem Ganzen sofort wieder die Spitze zu nehmen, aber vielleicht hatte sie seine spontane Reaktion verschreckt. Vielleicht fand sie sein Verhalten sonderbar, oder sie glaubte, er wäre launisch, und hatte deswegen nicht zurückgerufen.

Ein flaues Gefühl machte sich in seiner Magengegend breit, als habe er das Essen nicht so recht vertragen. Er ließ einen Zehndollarschein neben dem Teller liegen und eilte über die Straße zurück ins Hotel. Gerade noch rechtzeitig erreichte er das Zimmer und stürzte ins Bad. Als er auf dem Klo saß, starrte er auf das Handy. Vielleicht hatte sie seine Nachricht ja nicht bekommen. Vielleicht war der Anrufbeantworter kaputt, vielleicht hatte ihre Mitbewohnerin die Nachricht gelöscht und Katie nichts gesagt. Vielleicht spielte Katie ja auch Spielchen. Manche Mädchen zögerten so einen Rückruf absichtlich möglichst lange raus, damit die interessierten Jungs nicht glaubten, sie wären ausgemusterte Restposten.

Aber nein, solche Spielchen spielte seine Katie

nicht. Sie hatte die Nachricht nicht bekommen, davon war Peter nun überzeugt. Er verließ das Bad und setzte sich ans Fußende des Bettes. Nachdem er ein paar Minuten lang die verschiedensten Gesprächsverläufe in seinem Kopf durchgespielt hatte, wählte er ihre Handynummer. Sofort meldete sich die Mailbox, wahrscheinlich hatte sie das Telefon ausgeschaltet. Er legte auf und rief die Festnetznummer an.

»Hallo?«

»Katie?« Kalter Schweiß brach ihm aus allen Poren.

»Nein, hier ist Susan. Katie ist nicht zu Hause. Kann ich ihr was ausrichten?«

Die beiden Stimmen hatten nun wirklich keinerlei Ähnlichkeit. Wo hatte er nur seine Ohren?

»Äh, nein danke.« Scheiße, darauf war er nun gar nicht vorbereitet gewesen. Jetzt musste er improvisieren, und das hasste er. »Hier ist, ähm, ihr Freund, Peter. Weißt du vielleicht, äh, wann sie wieder da ist?«

»Hat sie nicht gesagt. Ich glaube, sie ist ins Kino oder so. Soll ich ihr was ausrichten, oder willst du lieber noch mal anrufen und ihr eine Nachricht auf der Mailbox hinterlassen?«

Peter wollte nicht, dass Katie zwei Nachrichten auf dem Anrufbeantworter vorfand, eine auf dem

Handy und dann jetzt auch noch einen Zettel mit einer Nachricht von ihm.

»Ah, nein, danke, schon gut. Ich melde mich später noch mal. Danke.«

Er beendete das Gespräch, warf das Handy auf den Sessel und sah zu, wie es von dort auf den Boden polterte. Was zum Teufel hatte er sich bloß dabei gedacht? Jetzt würde Susan Katie ausrichten, dass ein Typ namens Peter angerufen hatte, aber keine Nachricht hinterlassen wollte, und wenn Katie dann ihre Mailbox abhörte, würde sie es entweder komisch finden, dass er zwei Mal angerufen hatte, oder sie würde denken, dass es nicht sonderlich dringend sei, da er ja gesagt hatte, er würde sich später melden. Peter schlug sich an die Stirn, bis er registrierte, was er da tat, und damit aufhörte. Er musste sich was einfallen lassen, eine Lösung finden. Er würde es nicht aushalten, heute nichts von ihr zu hören und morgen vielleicht auch nicht. Er musste ihre Stimme hören, mit ihr reden, sie wenigstens sehen.

Entschlossen zog Peter die Schublade auf, holte die Baseballkappe und die billige, verspiegelte Sonnenbrille heraus, verließ das Zimmer und pfiff sich ein Taxi heran. Vielleicht würde er später bereuen, was er jetzt tat, aber das war ihm egal.

Er ließ sich von dem Fahrer an der Ecke Second

Avenue und Neunzigste absetzen, ein paar Blöcke von Katies Apartment entfernt, ging die Avenue hoch und überprüfte dabei aufmerksam die nähere Umgebung; auf gar keinen Fall durfte er ihr versehentlich über den Weg laufen. Es kotzte ihn ganz schön an, dass er wieder mit diesen Heimlichkeiten anfangen musste, denn er hatte gehofft, das alles endlich hinter sich lassen zu können, nun, da er sie ›zufällig‹ im Studio wiedergetroffen hatte. Er war davon ausgegangen, dass sie eine ganz normale Beziehung aufbauen konnten, so wie alle frisch Verliebten. Doch wenn er sie an diesem Abend sehen wollte, blieb ihm keine Wahl, er musste sich wieder verkleiden. Peter beschloss, auf der gegenüberliegenden Straßenseite zu warten, wollte sehen, wann sie vom Kino nach Hause kam.

Er würde sie nicht ansprechen können, durfte sich nicht einmal blicken lassen, denn nie im Leben würde sie ihm abkaufen, dass er um diese Uhrzeit zufällig in dieser ruhigen Seitenstraße vorbeikam.

Er fand einen guten Platz, in der Nähe eines geparkten Geländewagens, direkt gegenüber ihrer Haustür. Er würde sie wunderbar sehen können, und wenn sie sich umdrehen sollte, konnte er sich schnell hinter dem Auto verstecken. Es war schon nach zehn. Peter begann sich bereits zu fragen, ob er sie vielleicht verpasst hatte, ob sie vielleicht schon wieder zu Hause war. Immerhin hatte er fast zwanzig Minuten bis hierher gebraucht, und so war es sehr gut möglich, dass sie zwischenzeitlich nach Hause gekommen war.

Auf keinen Fall würde er jetzt seinen Posten verlassen. Notfalls würde er die ganze Nacht hier stehen bleiben, nur um einen Blick auf sie erhaschen zu können. Alles war besser, als dumm im Hotel herumzusitzen und darauf zu warten, dass dieses verdammte Telefon endlich klingelte.

Er musste sich noch fast eine ganze Stunde gedulden. Als er dringend pinkeln musste, er wollte sein Geschäft schon zwischen dem Geländewagen und einem anderen Wagen erledigen, da sah er Katie auf dem gegenüberliegenden Bürgersteig die Straße hochkommen. Peter freute sich so sehr, sie endlich zu sehen, dass er fast zu ihr rübergerufen hätte. Diesen anderen Typen, diesen College-Boy, hatte er im ersten Augenblick gar nicht wahrgenommen.

Peter war wie vor den Kopf geschlagen. Wie konnte sie noch immer mit diesem Loser ausgehen, wo sie doch ihn schon kennengelernt hatte? Ausgerechnet College-Boy! Sie war doch ein intelligentes, sensibles Mädchen. Er hätte Katie wirklich etwas mehr Verstand zugetraut und nicht erwartet, dass sie sich mit einem Typen traf, der keinen Respekt vor ihr hatte, sie wie den letzten Dreck behandelte.

Peter versteckte sich hinter dem Geländewagen und spähte vorsichtig zu den beiden rüber, die vor der Haustür stehen geblieben waren. Er hatte keine Ahnung, was er tun würde, wenn sie ihn mit nach oben nahm. Vielleicht würde er den beiden nachlaufen und versuchen, sie irgendwie davon abzuhalten. Wer weiß? Vielleicht würde er sich sogar mit diesem Typen schlagen. Mädchen mochten es doch, wenn sich die Jungs für sie schlugen, und Peter wusste genau, dass er diesen schmächtigen College-Jungen auseinandernehmen konnte, erst recht natürlich, wenn der Angriff überraschend kam.

Aber sie gingen nicht rein – zumindest nicht gleich. Sie blieben vor der Tür stehen und redeten miteinander. Peter konnte zwar nicht hören, worüber sie sprachen, aber er konnte sehen, dass es sich eher um etwas Ernsthaftes handelte, wahrscheinlich Beziehungskram.

College-Boy bestritt den größten Teil der Unterhaltung und gestikulierte heftig, um seinen Worten Nachdruck zu verleihen, während Katie mit verschränkten Armen dastand und sich ganz offensichtlich nicht so leicht überzeugen ließ. Peter hatte eine Menge Bücher über Körpersprache gelesen und wusste, dass viele und übertriebene Gesten ein Zeichen für Lügen und Doppelzüngigkeit waren. Blieb zu hoffen, dass Katie das auch wusste, dass sie es zumindest spüren und auf den Mist, den er verzapfte, nicht reinfallen würde.

Aber dann ließ Katie die Arme sinken und schenkte College-Boy ein Lächeln. Sah sie denn nicht, was für ein Dummschwaller und Flachwichser dieser Typ war?

Peter konnte an ihren Lippen ablesen, dass sie ihm gute Nacht sagte. Sie ging die Treppe zur Haustür hinauf! Vielleicht hatte sie ihn ja doch abserviert! Aber nein, College-Boy folgte ihr auf dem Fuß, und sie blieb stehen. Sie unterhielten sich noch kurz, und sie schien ziemlich angetan, lächelte ihn die ganze Zeit an, lachte sogar einmal laut heraus, und als er nach ihrer Hand griff, überließ sie sie ihm. Peter wurde übel vom Zuschauen. Dann küssten sie sich zum Abschied, kein Freundschaftsküsschen auf die Wange, nein, ein richtiger Kuss, ein langer Kuss, endlos lang. Peter schnürte es die Kehle zu, er bekam keine Luft mehr.

Das lief völlig falsch, so hatte er sich das nicht vorgestellt, ganz und gar nicht! In den zahllosen Stunden, in denen er sich die unterschiedlichsten Szenarien ausgemalt hatte, geprobt hatte, was er ihr alles sagen wollte, da hatte er nicht auch nur im Entferntesten an eine solche Möglichkeit gedacht.

Er und Katie sollten sich jetzt küssen, nicht die zwei da drüben. Katie und er hätten inzwischen schon ineinander verliebt sein und ihr gemeinsames Leben beginnen sollen. Er hatte keine Ahnung, wieso auf einmal alles völlig aus dem Ruder lief.

Endlich hörten sie auf, sich zu küssen. ›Ruf mich an‹, sagten Katies Lippen. – ›Klar, mach ich‹, verabschiedete sich der Typ. Katie schloss die Tür auf und ging ins Haus, der Typ blieb stehen und blickte ihr nach. Als sie die zweite Tür aufgeschlossen hatte, drehte sich Katie noch einmal um. Er tat, als trinke er etwas aus einem Glas, und Katie lachte – wahrscheinlich ein Scherz, den nur die beiden verstanden –, dann winkte sie ihm zum Abschied und ging die Treppe hinauf.

Peter blieb hinter dem Geländewagen, um den Typ dabei zu beobachten, wie er die Straße hoch zur Second Avenue ging. Es dauerte ein Weilchen, bis Peter sich wieder halbwegs gefangen hatte. Er war noch immer völlig entgeistert, dass Katie diesen Loser nicht abserviert hatte, und er hatte nicht die geringste Vorstellung, was er unternehmen sollte. Er musste seine Taktik ändern, so wie ein General die Taktik änderte, wenn dem Feind ein Überraschungsangriff gelungen war. Nur hatte Peter keine Ahnung, was er ändern musste, denn ein Scheitern seiner Pläne hatte er nicht einmal als Möglichkeit in Betracht gezogen.

Er ging über die Straße zu dem Haus, wo sie

wohnte. Ihr Name stand nirgendwo, aber auf der Klingel für Apartment 10 stand S. Robert. Katies Mitbewohnerin hatte sich mit Susan am Telefon gemeldet, also war das bestimmt die richtige Wohnung. Wenn er jetzt klingelte, würde Katie wahrscheinlich nicht einmal fragen, wer unten stand. Sie würde glauben, dass es College-Boy wäre, und ihn direkt nach oben kommen lassen. Wahrscheinlich wäre sie schon ziemlich überrascht, wenn sie die Wohnungstür öffnete und er plötzlich vor ihr stünde. Aber dann würde sie ihn hereinbitten, und er würde ihr alles erklären, seine Karten auf den Tisch legen. Er würde ihr sagen, dass er sie liebte und den Rest seines Lebens mit ihr verbringen wollte. Sie würde vor Ergriffenheit zu weinen beginnen und eingestehen, dass auch sie ihn liebte. Dann würde die Musik lauter werden, und sie würden sich küssen.

Obwohl Peter genau wusste, dass es in diesem Augenblick ganz einfach gewesen wäre, sie für sich zu gewinnen, entschied er sich für einen anderen Weg, der ihm cleverer und sicherer schien.

Alle Liebesgeschichten gingen gut aus, am Ende bekam der Held sein Mädchen, das stand fest. Der ›Andere‹ war nichts weiter als ein kleiner Kunstgriff, ein Hindernis, dessen einzige Aufgabe darin bestand, dem Held den Sieg zu versüßen.

PATRICIA HIGHSMITH

Vor dem Flug

Jeden Morgen sah Don in seinem Briefkasten nach, aber nie war ein Brief von ihr da.

Sie hatte keine Zeit gehabt, sagte er sich dann. Er ging in Gedanken all die Dinge durch, die sie zu tun hatte: Sie musste ihre Sachen von Rom nach Paris bringen lassen, eine Wohnung einrichten, die sie vermutlich schon vor dem Umzug gefunden hatte, und wahrscheinlich erst einmal ein paar Tage in ihrem neuen Job arbeiten, bevor sie Zeit und Inspiration fand, auf seinen Brief zu antworten. Doch schließlich war selbst die großzügigste Zeitspanne, die sich für diese Hindernisse veranschlagen ließ, überschritten. Und dann vergingen drei weitere Tage, und noch immer kam kein Brief von ihr.

Sie will in Ruhe darüber nachdenken, dachte er. Natürlich will sie sich über ihre Gefühle im klaren sein, bevor sie irgend etwas zu Papier bringt.

Er hatte Rosalind vor dreizehn Tagen geschrieben, dass er sie liebe und sie heiraten wolle. Angesichts dessen, dass er noch nicht lange um sie warb, war das vielleicht ein wenig übereilt, aber Don fand, dass er einen guten Brief geschrieben und keinerlei Druck ausgeübt, sondern nur seine Gefühle dargelegt hatte. Immerhin kannte er Rosalind schon seit zwei Jahren, oder vielmehr: Er hatte sie vor zwei Jahren in New York kennengelernt. Dann hatte er sie letzten Monat in Europa wiedergesehen, und nun liebte er sie und wollte sie heiraten.

Seit seiner Rückkehr aus Europa vor drei Wochen hatte er nur ein, zwei Freunde gesehen. Pläne für das gemeinsame Leben mit Rosalind zu machen war ihm Beschäftigung genug. Rosalind war Industriedesignerin und liebte Europa. Wenn sie dort bleiben wollte, konnte Don es arrangieren, ebenfalls in Europa zu leben. Sein Französisch war inzwischen recht gut. Dirksen & Hall, die Firma, für die er als technischer Berater arbeitete, hatte sogar eine Filiale in Paris. Es könnte alles ganz einfach sein. Er brauchte nur ein Visum, das es ihm erlaubte, ein paar Sachen – Bücher, Teppiche, den Plattenspieler, einige Werkzeuge und Zeichengeräte – mitzunehmen, und schon konnte er übersiedeln. Don hatte das Gefühl, sein Glück noch gar nicht ganz ermessen zu können. Jeder Tag war, als würde ein Vorhang, hinter dem sich eine herrliche Landschaft entfaltete, ein Stück weiter gehoben. Er wollte, dass Rosalind bei ihm war, wenn er endlich das ganze Panorama sehen konnte. Es gab eigentlich nur eines, was ihn davon abhielt, beglückt und selig hinauszulaufen in diese schöne Landschaft: Er hatte noch immer keinen Brief von ihr, den er hätte mitnehmen können. Er schickte noch einen Brief nach Rom und schrieb auf Italienisch »Bitte nachsenden« auf den Umschlag. Wahrscheinlich war sie inzwischen in Paris, doch zweifellos hatte sie in Rom einen Nachsendeantrag gestellt.

Es vergingen zwei weitere Tage, und noch immer kein Brief. Er bekam einen Brief von seiner Mutter, die in Kalifornien lebte, eine Reklame von einem Schnapsladen und eine Wahlwerbung. Er lächelte in sich hinein, klappte den Briefkasten zu, schloss ihn ab und ging zur Arbeit. Der Moment, in dem er feststellte, dass kein Brief gekommen war, machte ihn nie traurig. Es war eher ein lustvolles Erschrecken, als wolle sie ihn foppen und halte deshalb den Brief noch einen Tag länger zurück. Dann senkte sich die Erkenntnis, dass er neun Stunden warten musste, bis er nach Hause gehen und nachsehen konnte, ob vielleicht ein Eilbrief eingetroffen war, wie eine schwere Last auf ihn, und ganz unvermittelt fühlte er sich erschöpft, unglücklich und lustlos. Rosalind würde ihm keinen Eilbrief schicken, nicht nach so langer Zeit. Es blieb ihm nichts anderes übrig, als auf den nächsten Morgen zu warten.

Am nächsten Morgen sah er einen Brief im

Briefkasten. Es war nur die Einladung zu einer Vernissage. Er riss sie in kleine Fetzen und knüllte sie zusammen.

Im Briefkasten daneben steckten drei Briefe. Die waren doch schon seit gestern Morgen dort. Was für ein Bursche war dieser Dusenberry, dass er es nicht für nötig befand, seinen Briefkasten zu leeren?

An diesem Vormittag kam ihm im Büro die Erleuchtung, die sofort seine Lebensgeister weckte: Vielleicht war ihr Brief versehentlich im benachbarten Kasten gelandet. Der Postbote öffnete die ganze Reihe der Kästen gleichzeitig, und hin und wieder hatte Don einen Brief in seinem Briefkasten gefunden, der nicht für ihn bestimmt gewesen war. Er wurde wieder optimistisch: In ihrem Brief würde stehen, dass sie ihn auch liebte. Wie sollte es anders sein, da sie in Juan-les-Pins doch so glücklich gewesen waren? Er würde »Ich liebe Dich, ich liebe Dich« zurücktelegrafieren. Nein, er würde sie anrufen, denn auf ihrem Brief würde ihre Pariser Adresse stehen, vielleicht sogar ihre Büroanschrift, so dass er wüsste, wo er sie erreichen könnte.

Als er Rosalind vor zwei Jahren in New York kennengelernt hatte, waren sie zwei- oder dreimal essen und ins Theater gegangen. Seine nächsten Einladungen hatte sie abgelehnt, und Don hatte daraus geschlossen, dass es jemand andern auf der Bildfläche gab, den sie lieber mochte. Damals hatte ihm das nicht sehr viel ausgemacht. Doch als sie ihm in Juan-les-Pins über den Weg gelaufen war, hatte die Sache anders ausgesehen. Es war Liebe auf den zweiten Blick gewesen. Der Beweis dafür war, dass Rosalind sich von den drei anderen, mit denen sie gekommen war – einem Mädchen und zwei Männern –, abgesetzt hatte, sie allein nach Cannes hatte fahren lassen und mit ihm in Juan-les-Pins geblieben war. Es waren fünf paradiesische Tage gewesen, und Don hatte gesagt: »Ich liebe dich«, und Rosalind hatte es auch einmal gesagt. Aber Zukunftspläne hatten sie nicht geschmiedet, nicht einmal darüber gesprochen, wann sie einander wiedersehen würden. Warum war er nur so dumm gewesen! Er wünschte sich auch, er hätte sie gefragt, ob sie mit ihm schlafen wolle. Doch andererseits waren seine Gefühle für sie so viel tiefer gewesen. Jeder konnte im Urlaub eine Affäre haben. Aber jemanden zu lieben und heiraten zu wollen – das war doch etwas ganz anderes. Aus ihrem Verhalten hatte er geschlossen, dass es ihr ebenso ging. Rosalind war kühl und brünett, sie lächelte viel. Sie war nicht groß, wirkte aber so. Sie war intelligent, und Don hatte das Gefühl, dass sie nie etwas Dummes oder Unüberlegtes tun würde. Und er war ebenfalls kein Mensch, der aus einem Impuls heraus einen Heiratsantrag machte. Das Heiraten war etwas, worüber man eine Zeitlang nachdachte – Wochen, Monate, vielleicht sogar ein Jahr lang. Er hatte das Gefühl, dass er über seinen Heiratsantrag länger nachgedacht hatte als die fünf Tage in Juan-les-Pins. Er glaubte, dass Rosalind Farnes ein Mädchen oder vielmehr eine Frau war (sie war sechsundzwanzig, er neunundzwanzig), die über Substanz verfügte, er glaubte, dass ihre Arbeit viel mit seiner gemeinsam hatte und dass sich ihnen die Chance bot, glücklich zu sein.

Am Abend waren die drei Briefe noch immer in Dusenberrys Briefkasten, und Don suchte seine Klingel auf der Liste gegenüber an der Wand und drückte sie entschlossen. Vielleicht war er da und hatte bloß vergessen, nach seiner Post zu sehen.

Keine Reaktion.

Dusenberry – oder Familie Dusenberry – war offenbar verreist.

Würde der Hausmeister ihm den Briefkasten öffnen? Ganz gewiss nicht. Außerdem hatte der Hausmeister auch gar nicht den oder die Schlüssel für die Briefkästen.

Einer der Briefe sah aus wie ein Luftpostbrief aus Europa. Es war zum Verrücktwerden. Don steckte einen Finger durch einen der Schlitze der glatten Metalltür und versuchte, den Kasten zu öffnen, doch er blieb verschlossen. Er zwängte seinen eigenen Schlüssel ins Schlüsselloch und drehte ihn herum. Das Schloss klickte, der Riegel bewegte sich, und das Türchen ließ sich um zwei Zentimeter öffnen. Don hielt seinen Wohnungsschlüssel in der Hand, und jetzt steckte er diesen zwischen die Briefkastentür und den Messingrahmen und benutzte ihn als Hebel. Es gelang ihm, das Metall so weit zu verbiegen, dass er die Briefe erreichen konnte. Er zog sie heraus und bog die Messingtür wieder zurück, so gut es ging. Keiner der Briefe war an ihn. Zitternd wie ein Dieb starrte er sie an. Dann stopfte er einen in die Manteltasche, steckte die anderen wieder in den verbogenen Briefkasten und trat aus der Eingangshalle in das Gebäude. Die Aufzüge befanden sich um die Ecke. Don nahm eine leere wartende Kabine und fuhr allein hinauf in die dritte Etage.

Sein Herz klopfte, als er seine Wohnungstür hinter sich schloss. Warum hatte er bloß den Brief genommen? Selbstverständlich würde er ihn zurücklegen. Anfangs hatte er gedacht, es sei ein persönlicher Brief, doch er kam aus Amerika. Er betrachtete die Anschrift in zarter blauer Handschrift: R. L. Dusenberry usw. Dann den Absender auf der Rückseite des Umschlags: Edith W. Whitcomb, 717 Garfield Drive, Scranton, Pa.

Dusenberrys Liebste, dachte er sofort. Ein dicker Brief in einem quadratischen Umschlag. Er sollte ihn sofort zurückbringen. Und der beschädigte Briefkasten? Nun, es war immerhin nichts gestohlen worden. Es war ein ernstes Vergehen, einen Briefkasten aufzubrechen, doch die Tür ließ sich ja wieder zurechtbiegen. Und solange nichts gestohlen worden war, konnte es ja wohl nicht so schlimm sein.

Don holte einen Anzug aus dem Schrank, den er sowieso in die Reinigung bringen wollte, und griff nach Dusenberrys Brief. Mit einem Mal war er neugierig auf den Inhalt. Bevor er sich dafür schämen konnte, ging er in die Küche und setzte den Wasserkessel auf. Die Umschlaglasche rollte sich im Dampf sauber zurück. Don war geduldig. Es war ein handschriftlicher Brief, drei beidseitig beschriebene Seiten lang.

Liebster, begann er,
Du fehlst mir so sehr, dass ich Dir schreiben muss. Bist Du Dir jetzt über Deine Gefühle im Klaren? Du hast gesagt, für beide von uns würde sich alles in Luft auflösen. Weißt Du, wie mir zumute ist? Genauso wie in der Nacht, als wir auf der Brücke standen und sahen, wie in Bennington die Lichter angingen …

Gebannt und ungläubig las er weiter. Das Mädchen war bis über beide Ohren in Dusenberry verliebt. Sie wartete nur auf eine Antwort, nur auf ein Zeichen von ihm. Sie schrieb von der Kleinstadt in Vermont, wo sie gewesen waren, und er fragte sich, ob sie sich dort kennengelernt hatten oder gemeinsam hingefahren waren. Mein Gott!, dachte er, wenn nur Rosalind ihm so einen Brief schreiben würde! Dusenberry würde ihr vermutlich nicht antworten, denn dem Brief nach zu schließen, hatte er ihr kein einziges Mal geschrieben. Don klebte den Umschlag sorgfältig zu und steckte ihn in die Tasche.

Der letzte Absatz ging ihm nicht aus dem Sinn.

Ich hätte nicht gedacht, dass ich Dir noch einmal schreiben würde. Jetzt habe ich es doch getan. Ich muss ehrlich sein. Ich kann nicht anders.

Don fand, dass er selbst ebenfalls ehrlich war. Weiter hieß es:

Erinnerst Du Dich, oder hast Du's vergessen? Willst Du mich wiedersehen oder nicht? Wenn ich in den nächsten Tagen nichts von Dir höre, weiß ich Bescheid.

In ewiger Liebe, Edith

Er sah nach dem Datum des Poststempels. Der Brief war vor sechs Tagen aufgegeben worden. Und er malte sich aus, wie Edith Whitcomb sich vor Sehnsucht verzehrte, wie ihre Tage sich dahinschleppten, wie sie sich irgendwie einzureden versuchte, dass es einen Grund für diese Verzögerung gab. Sechs Tage. Doch natürlich hoffte sie immer noch. Hoffte in diesem Augenblick in Scranton, Pennsylvania. Was war dieser Dusenberry für ein Mensch? Ein Casanova? Ein verheirateter Mann, der einen Flirt beenden wollte? Welcher der sechs oder acht Männer, die ihm in diesem Haus aufgefallen waren, mochte Dusenberry sein? War er einer von denen, die morgens um halb neun ohne Hut zur Arbeit eilten? Oder ein ruhigerer Mann mit Homburg? Don achtete nicht besonders auf seine Nachbarn.

Ihm stockte der Atem. Einen Augenblick spürte er die Einsamkeit des Mädchens wie am eigenen Leib, den Hoffnungsschimmer, wie er ein letztes Mal aufflackerte. Mit einem einzigen Wort konnte er sie so glücklich machen. Oder vielmehr, Dusenberry konnte es.

»So ein Schwein«, flüsterte er.

Er legte den Anzug beiseite, trat zum Schreibtisch und schrieb auf einen Zettel: »Edith, ich liebe dich.« Es gefiel ihm, die Worte geschrieben zu sehen, lesbar. Er hatte das Gefühl, damit eine wichtige Angelegenheit entschieden zu haben, die zuvor gefährlich in der Schwebe gewesen war. Don knüllte den Zettel zusammen und warf ihn in den Papierkorb.

Dann ging er hinunter, schob den Brief wieder in den Briefkasten und gab den Anzug in der Reinigung ab. Er wanderte lange die Second Avenue hinauf, wurde müde, ging aber weiter, bis er beinahe in Harlem war, und nahm dann einen Bus zurück. Er war hungrig, doch ihm fiel nichts ein, was er essen wollte. Er bemühte sich, an nichts zu denken. Eigentlich wartete er darauf, dass die Nacht verging und der Morgen die nächste Postsendung brachte. Er dachte flüchtig an Rosalind. Und an das Mädchen in Scranton. Zu traurig, dass die Leute so unter ihren Gefühlen zu leiden hatten. Wie er selbst. Denn obwohl Rosalind ihn so glücklich gemacht hatte, konnte er nicht leugnen, dass die vergangenen drei Wochen eine wahre Folter gewesen waren. Ja, zweiundzwanzig Tage, wahrhaftig! Er fühlte sich eigenartig beschämt, zugeben zu müssen, dass es nun schon zweiundzwanzig Tage waren. Merkwürdig beschämt? Genau besehen, war daran doch nichts Merkwürdiges. Er schämte sich bei der Vorstellung, Rosalind möglicherweise verloren zu haben. Er hätte ihr in Juan-les-Pins ohne Umschweife sagen sollen, dass er sie nicht nur liebte, sondern heiraten wollte. Vielleicht hatte er sie jetzt verloren, weil er das nicht getan hatte.

Bei diesem Gedanken hielt es ihn nicht mehr im Bus. Die schreckliche, tödliche Vorstellung verbannte er aus seinen Gedanken und hielt sie sich vom Leibe, indem er zu Fuß weiterging.

Plötzlich hatte er eine Eingebung. Unausgegoren zuerst und vage, aber immerhin etwas, womit er sich heute Abend beschäftigen konnte. Er begann damit, dass er sich auf dem Nachhauseweg so genau wie möglich vorzustellen versuchte, was Dusenberry Miss Whitcomb schreiben würde, wenn er ihren letzten Brief gelesen hätte, und ob er ihr schreiben würde, dass er sie zwar nicht unbedingt liebe, sie ihm aber so viel bedeute, dass er sie wiedersehen wolle.

Er brauchte etwa fünfzehn Minuten, um den Brief aufzusetzen. Er schrieb, er habe die ganze Zeit nichts von sich hören lassen, weil er sich weder seiner noch ihrer Gefühle sicher gewesen sei. Er wolle sie wiedersehen, bevor er mehr sagen könne, und fragte, wann sie ihn treffen könne. Er konnte sich nicht an Dusenberrys Vornamen erinnern oder daran, ob die Frau ihn in ihrem Brief überhaupt verwendet hatte, erinnerte sich aber an die Initialen R.L. auf dem Umschlag und unterschrieb einfach mit »R.«.

Während er den Brief schrieb, hatte er nicht ernsthaft beabsichtigt, ihn abzuschicken. Doch als er die anonymen, maschinengeschriebenen Worte las, begann er es zu erwägen. Es war so wenig und kam ihm so harmlos vor: Wann können wir uns sehen? Andererseits war es nicht nur sinnlos, sondern auch falsch. Dusenberry machte sich offenkundig nichts aus ihr, sonst hätte er nicht sechs Tage verstreichen lassen. Wenn Dusenberry das Verhältnis nicht dort fortsetzen wollte, wo es unterbrochen worden war, würde Don lediglich eine Klärung hinauszögern. Er starrte auf das »R.« und spürte, dass er eine Antwort von Edith wollte, eine einzige bejahende, glückliche Antwort. Darum schrieb er, wieder mit der Maschine, unter den Brief:

> PS: Bitte schreib mir c/o Dirksen & Hall, Chanin Building, N.Y.C.

So würde der Brief schon irgendwie zu ihm gelangen – falls Edith antwortete. Und wenn sie nicht innerhalb der nächsten Tage antwortete, hieß das, dass Dusenberry selbst ihr geschrieben hatte. Wenn aber tatsächlich ein Brief von Edith kam, konnte – und musste – Don die Sache von sich aus so schmerzlos wie möglich beenden.

Nachdem er den Brief abgeschickt hatte, fühlte

er sich völlig befreit und in gewisser Weise auch erleichtert. Er schlief gut, und als er erwachte, glaubte er felsenfest, dass ihn im Briefkasten unten ein Brief erwartete. Als er sah, dass keiner da war (jedenfalls war kein Brief von Rosalind gekommen, nur eine Telefonrechnung), befiel ihn jähe, schlichte Enttäuschung oder Erbitterung, wie er sie noch nie erlebt hatte. Jetzt gab es einfach keinen Grund mehr, warum er keinen Brief bekommen sollte.

Am nächsten Morgen erwartete ihn im Büro ein Brief aus Scranton. Don entdeckte ihn auf dem Tisch der Empfangsdame und nahm ihn an sich, als sie gerade telefonierte. Sie stellte keine Fragen und blickte nicht einmal auf.

»Liebster«, begann der Brief, und Don, dem es fast peinlich war, die sentimentalen Ergüsse zu lesen, faltete ihn zusammen, bevor irgend jemand in der Technischen Abteilung ihn bemerkte. Es gefiel ihm, den Brief in der Tasche zu haben, und zugleich gefiel es ihm nicht. Er sagte sich immer wieder, dasser nicht wirklich einen Brief erwartet hätte, wusste aber, dass er sich etwas vormachte. Warum hätte sie nicht antworten sollen? Sie schlug vor, am nächsten Wochenende irgendwohin zu fahren (offenbar war Dusenberry Herr seiner Zeit), und bat ihn, Zeit und Ort zu nennen.

Er dachte an sie, während er über seiner Arbeit

saß, an dieses leidenschaftliche, bebende, gesichtslose weibliche Wesen in Scranton, das er mit einem Wort manipulieren konnte. Welche Ironie! Er, der außerstande war, Rosalind dazu zu bringen, ihm aus Paris zu schreiben!

»Mein Gott!«, murmelte er und stand auf. Grußlos eilte er aus dem Büro.

Soeben war ihm ein schrecklicher Gedanke gekommen: Vielleicht überlegte Rosalind die ganze Zeit, wie sie ihm beibringen sollte, dass sie ihn nicht liebte und nie lieben würde. Er konnte diesen Gedanken nicht abschütteln. Jetzt sah er statt ihrer glücklichen, ratlosen oder insgeheim amüsierten Miene vor seinem inneren Auge, wie sie mit gerunzelter Stirn über der unangenehmen Aufgabe brütete, einen Brief zu verfassen, in dem sie mit ihm Schluss machte. Er spürte, wie sie über die Sätze nachgrübelte, mit denen das am schonendsten zu bewerkstelligen wäre.

Dieser Gedanke war so verstörend, dass er an diesem Abend zu nichts mehr imstande war. Je länger er darüber nachdachte, desto wahrscheinlicher erschien es ihm, dass sie ihm gerade schrieb oder schreiben wollte, um Schluss zu machen. Er konnte sich ausmalen, wie sie Schritt für Schritt zu ihrem Entschluss gelangt war: Nach dem ersten Trennungsschmerz hatte sie offenbar gemerkt, dass sie ohne ihn leben konnte, abgelenkt durch ihre Arbeit und ihre Freunde in Paris, wie er sich lebhaft vorstellen konnte. Dann der gewichtige Umstand, dass sie in Europa und er in Amerika war. Vor allem aber die Erkenntnis, dass sie ihn nicht wirklich liebte. Das zumindest musste stimmen, denn niemand versäumte es so lange, einem Menschen zu schreiben, an dem ihm lag.

Unvermittelt stand er auf und starrte auf die Wanduhr, als müsste er ihr die Stirn bieten. 15. September, 20 Uhr 17. Das ganze Gewicht der Zeit lastete auf seinem angespannten Körper und den geballten Fäusten. Fünfundzwanzig Tage, soundso viele Stunden und soundso viele Minuten, seit er ihr geschrieben hatte ... Sein Geist schüttelte die Last ab und heftete sich an das Mädchen in Scranton. Er fand, dass er ihr eine Antwort schuldete. Er las ihren Brief noch einmal, sorgfältiger, verweilte versonnen bei mancher Formulierung, als berühre ihre hoffnungslose und anhängliche Liebe ihn zutiefst, fast wie seine eigene. Hier war jemand, der ihn anflehte, ihm Zeit und Ort für ein Treffen zu nennen. Leidenschaftlich, inbrünstig, eine Gefangene ihrer selbst, war sie wie ein flugbereiter Vogel, der die Flügel breitet. Plötzlich trat er ans Telefon und gab ein Telegramm auf:

TREFFPUNKT FREITAG 18:00 GRAND CENTRAL, AUSGANG LEXINGTON. IN LIEBE, R.

Freitag war übermorgen.

Am Donnerstag kam wieder kein Brief, kein Brief von Rosalind, und mittlerweile hatte er weder den Mut noch die Kraft, sich in Bezug auf sie noch irgend etwas auszumalen. Nur seine Liebe erfüllte ihn, unvermindert und so schwer wie ein Pflasterstein. Am Freitagmorgen dachte er schon beim Aufstehen an das Mädchen in Scranton. Jetzt würde sie wohl aufstehen und packen und dann, falls sie überhaupt zur Arbeit ging, den ganzen Tag in ihrer Dusenberry-Traumwelt verbringen.

Als er nach unten kam, lugte der rotblau gestreifte Rand eines Luftpostbriefs aus seinem Briefkasten, und ihn beschlich ein fast schmerzhaftes Entsetzen. Er öffnete den Kasten und fischte den länglichen dünnen Umschlag heraus. Seine Hände zitterten so sehr, dass er den Schlüssel fallen ließ.

Es waren nur etwa fünfzehn maschinengeschriebene Zeilen.

Lieber Don,
es tut mir schrecklich leid, dass Du so lange auf meine Antwort warten musstest, aber hier war einfach so viel zu tun. Erst heute bin ich

so weit, dass ich wieder arbeiten kann. Zunächst musste ich länger als geplant in Rom bleiben, und die Wohnung einzurichten war die reine Hölle, unter anderem weil die Elektriker gestreikt haben.

Don, Du bist ein Schatz, das weiß ich und werde es nie vergessen, ebenso wenig wie die Tage an der Côte. Aber ich kann mir einfach nicht vorstellen, mein Leben radikal und abrupt zu verändern, indem ich hier oder woanders heirate. Ich kann Weihnachten nicht nach Amerika kommen, dazu gibt es hier viel zu viel zu tun, und warum solltest Du Dich von New York losreißen? Bis Weihnachten oder vielleicht sogar schon wenn Du diesen Brief liest, werden sich Deine Gefühle möglicherweise geändert haben.

Schreibst Du mir trotzdem wieder? Und versprichst Du mir, dass mein Brief Dich nicht traurig macht? Können wir uns irgendwann wiedersehen? Vielleicht so unerwartet und wunderbar wie in Juan-les-Pins?

Rosalind

Er stopfte den Brief in die Tasche und stürzte zur Tür hinaus. Seine Gedanken waren ein einziges Chaos, Signale einer tödlichen Verwundung, stumme

Todesschreie, wirre Befehle an eine versprengte Armee, sich noch einmal zu formieren, bevor es zu spät war, nicht aufzugeben, nicht zu sterben.

Nur ein Gedanke drang deutlich durch: Er hatte sie verschreckt. Sein törichter, plumper Antrag und seine maßlosen Zukunftspläne hatten sie gegen ihn eingenommen. Hätte er nur halb so viel gesagt, wäre ihr klargeworden, wie sehr er sie liebte. Aber er war mit der Tür ins Haus gefallen. »Liebling, ich bin verrückt nach Dir. Kannst Du Weihnachten nach New York kommen? Wenn nicht, kann ich nach Paris fliegen. Ich will Dich heiraten. Wenn Du lieber in Europa bleiben willst, kann ich mich auch dorthin versetzen lassen. Es wäre kein Problem …«

Was für ein Idiot war er gewesen!

In Gedanken korrigierte er seinen Fehler bereits und setzte den nächsten unaufgeregten, liebevollen Brief auf, der ihr mehr Luft zum Atmen lassen würde. Er würde ihn heute Abend schreiben, sehr sorgfältig, und er würde alles genau richtig machen.

Am Nachmittag verließ er das Büro verhältnismäßig früh, und wenige Minuten nach fünf war er zu Hause. Die Uhr erinnerte ihn daran, dass das Mädchen aus Scranton um sechs Uhr am Grand Central warten würde. Er dachte, er müsse hingehen, obgleich er nicht wusste, warum. Ansprechen würde er sie jedenfalls bestimmt nicht. Er würde ja nicht einmal wissen, ob sie überhaupt da war. Und dennoch: Mehr noch als die Frau zog ihn die Grand Central Station an wie ein beharrlicher, sanfter Magnet. Er begann sich umzuziehen, schlüpfte in seinen besten Anzug, fingerte zögernd am Krawattenhalter und zerrte schließlich eine solide uni blaue Krawatte herunter. Er fühlte sich schwach und wacklig auf den Beinen, ganz so, als wäre er dabei, sich zu verflüchtigen wie der kühle Schweiß, der sich fortwährend auf seiner Stirn bildete und verdunstete.

Er machte sich auf den Weg in Richtung Forty-second Street.

Am Ausgang des Bahnhofs zur Lexington Avenue sah er mehrere junge Frauen, die Edith W. Whitcomb hätten sein können. Er achtete darauf, ob eine von ihnen irgendetwas mit Initialen bei sich hatte, aber das war nicht der Fall. Dann wurde eines der Mädchen von der Person abgeholt, auf die es gewartet hatte, und plötzlich war Don sicher, dass Edith die Blondine mit dem schwarzen Wollmantel und dem schwarzen Barett mit der militärischen Anstecknadel war. Ja, in ihren aufgerissenen, runden Augen lag ein Sehnen, das einzig in der Vorfreude auf einen Menschen gründen konnte, den sie liebte, sehnsüchtig liebte. Sie sah aus wie zweiundzwanzig, unverheiratet, frisch und voller Hoffnung – ja,

Hoffnung war ihr Hauptcharakteristikum –, und sie hatte einen kleinen Wochenendkoffer dabei. Er blieb ein paar Minuten in ihrer Nähe stehen, doch sie sah ihn nicht ein einziges Mal an. Sie stand in der Halle, rechts der großen Eingangstüren, und stellte sich hin und wieder auf die Zehenspitzen, um über die Köpfe der hektisch drängelnden Menschen hinweg zu sehen. Im Lichtschein, der durch die Türen drang, sah man ihre rosigen, gerundeten Wangen, ihr schimmerndes Haar, die Inbrunst in ihrem suchenden Blick. Es war bereits fünf nach halb sieben.

Vielleicht ist sie es auch gar nicht, dachte er. Mit einem Mal war er gelangweilt und schämte sich irgendwie, und er ging zur Third Avenue, um etwas zu essen oder wenigstens eine Tasse Kaffee zu trinken. Er betrat ein Café. Unterwegs hatte er sich eine Zeitung gekauft, in der er nun blätterte, während er auf die Bedienung wartete, doch als sie an seinen Tisch kam, wurde ihm klar, dass er nichts wollte, und er stand mit einer gemurmelten Entschuldigung auf. Er wollte zurückgehen und nachsehen, ob das Mädchen immer noch wartete. Insgeheim hoffte er, dass sie nicht mehr da war, denn er hatte ihr einen ausgemacht schäbigen Streich gespielt. Wenn sie noch da war, musste er sie eigentlich ansprechen und ihr alles gestehen.

Sie war noch da. Kaum hatte er sie erblickt, da

nahm sie ihren Koffer und ging zum Informationsschalter. Sie umkreiste den Schalter, steuerte wieder auf ihren ursprünglichen Platz zu, stellte sich dann aber links der Eingangstüren auf, als sollte ihr dieser Wechsel Glück bringen. Die schöne, geschwungene Linie ihrer Augenbrauen wirkte jetzt angespannt und verriet die Qual des Wartens und eine beinahe hoffnungslose Hoffnung.

Und doch bleibt immer ein Funken Hoffnung, dachte er. Und so simpel das auch klingen mochte – er fand, das sei die unumstößlichste Wahrheit und die überzeugendste Erkenntnis, die ihm je untergekommen war.

Er ging dicht an ihr vorbei, und diesmal sah sie ihn flüchtig an und sogleich an ihm vorbei. Jetzt starrte sie über die Lexington Avenue ins Leere. In ihren jungen, geweiteten Augen schimmerten Tränen.

Mit den Händen in den Taschen schlenderte er an ihr vorüber und sah ihr direkt ins Gesicht, und als sie ihn mit einem gereizten Blick bedachte, lächelte er sie an. Ihr Blick kehrte schockiert und verletzt zu ihm zurück, und er lachte, ein kurzes Lachen, das er nicht unterdrücken konnte. Er hätte ebensogut in Tränen ausbrechen können. Dass er gelacht hatte, war ein Zufall gewesen. Er wusste, was das Mädchen empfand. Er wusste es ganz genau.

»Tut mir leid«, sagte er.

Sie zuckte zusammen und blickte ihn verwirrt und überrascht an.

»Tut mir leid«, wiederholte er und ging weiter.

Als er sich umsah, starrte sie ihm mit einer stirnrunzelnden Verstörung nach, die beinahe wie eine Angst war. Dann wandte sie den Blick ab und reckte sich auf die Zehenspitzen, um über das Gewirr der Köpfe zu spähen – und das Letzte, was er von ihr sah, waren ihre entschlossenen, in sinnloser, selbstvergessener Hoffnung glänzenden Augen.

Als er die Lexington Avenue entlangging, weinte er. Jetzt, das wusste er, sahen seine Augen genauso aus wie die des Mädchens: glänzend und voll unerschütterlicher Hoffnung. Stolz hob er den Kopf. Heute Abend würde er den Brief an Rosalind schreiben. Und er begann, sich die Worte zurechtzulegen.

HEINRICH HEINE

Lyrisches Intermezzo 39

Ein Jüngling liebt ein Mädchen,
Die hat einen andern erwählt;
Der andre liebt eine andre,
Und hat sich mit dieser vermählt.

Das Mädchen heiratet aus Ärger
Den ersten besten Mann,
Der ihr in den Weg gelaufen;
Der Jüngling ist übel dran.

Es ist eine alte Geschichte,
Doch bleibt sie immer neu;
Und wem sie just passieret,
Dem bricht das Herz entzwei.

ALFRED ANDERSCH

Paris, 1. Mai 1977

sich an den händen fassen
die augen zumachen
und losrennen

daran
dass euch dieser wunsch überfüllt
erkennt ihr
die ankunft der liebe

dann
dürft ihr nicht zögern

fasst euch an den händen
macht die augen zu
rennt los

JÖRG FAUSER

Berlin, Paris, New York

Ich habe große Städte gesehen
und habe die großen Städte immer geliebt,
ihre Frauen, ihre Bars, ihre
Dämmerungen vor dem Gebrüll
der Maschinen und dem Sturm
auf die Bastille,

Berlin, Paris, New York,
eine Straßenecke in Schöneberg
erregt mich tiefer
als der Schnee
auf dem Mont Blanc
oder die Wälder
im Untertaunus,

ich habe die Schönheit gesehen
von großen Städten, den Glanz
ihrer Avenuen, das Elend
der Massen und die Vernichtung
von einzelnen,

ich habe die großen Städte geliebt
und ich liebe sie auch
in ihrem Verfall,

es sind nicht die großen Städte,
die die Menschen zerstören,
sondern die Gesetze,
die das Menschliche nicht formen,
sondern ersticken,

ich wurde von den großen Städten
  geformt,
was ich sah, was ich litt, was ich wurde
verdanke ich einer Mutter aus Stein,
der großen Stadt,
und morgen, wenn meine Zeit vorbei ist,
wird es die große Stadt sein
die mich begräbt.

9. 11. 1978

ROBERT WALSER

Storch und Stachelschwein

STACHELSCHWEIN: Bin ich nicht ergreifend, sag mal?

STORCH: Ich liebe dich seit langem.

STACHELSCHWEIN: Ich sage nichts dazu. Ich rede nicht mit denen, die mich lieben. Liebe ist etwas so Rücksichtsloses, Freches! Ich mag mit Unvorsichtigen nichts zu tun haben. Merk dir das. Du bist in meine Stacheln verliebt, nicht wahr?

STORCH: Der Mantel aus Stacheln steht dir reizend. Du siehst allerliebst darin aus. Schade, daß du so prüde bist. Ein Stachelschwein sollte vom Anstand nicht so engzugeknöpfte Begriffe haben.

STACHELSCHWEIN: Du irrst dich, und ich will dich eines Besseren belehren. Ein Storch darf sich allerlei herausnehmen, nicht aber ein Schwein. Dir wird flattiert, du bist ein Erziehungs-, ein Familienideal. Gemeinden blicken in aufrichtiger Achtung zu dir auf. Nichts als gute Meinungen sind deine Begleiter. Bei mir ist's anders. Was nützt mir deine Zärtlichkeit? Hast du dich in meine Furchtsamkeit vergafft?

STORCH: Ja, ich glaube es.

STACHELSCHWEIN: Nicht wahr, sie kleidet mich vorzüglich? Ich bin so rundlich, appetitlich darin. Weil ich mich fürchte, habe ich Stacheln. Ich besteh' ganz nur aus Flucht und Furcht. Schau dir mein Köpfchen an, die Äugelchen, das Näschen. Ich fliege nicht majestätisch wie du. Von Emporheben ist an mir keine Spur. Die Füße sind die Unbegreiflichkeit selbst, aber dafür bin ich niedlich. Spreize mich nicht mit Flügeln, nein! Ich baue mir nicht auf Kirchtürmen behagliche, von heller Luft umsäuselte Nester. In Wäldern hause ich, wage mich nur im Dunkel leise hervor.

STORCH: Liebes Schüchternes!

STACHELSCHWEIN: Du hast Mitleid mit mir. Ich aber kenne kein Mitleid. Mitleid ist etwas Großzügiges. Mir steht es nicht an, denn ich bin kleinlich. Meine Stacheln sind übrigens der reine Hohn; sie verspotten mich.

STORCH: So verspottet dich, was berufen zu sein scheint, dir Schutz zu gewähren. Ich liebe dich um solcher Verlassenheit noch mehr.

STACHELSCHWEIN: Ich bin aber ungeheuer gut aufgelegt. Du ahnst nicht, wie herrlich es sich in lächerlicher Umhüllung lebt. Mein Wohlbefinden ist unsäglich originell. Mich durchströmt förmlich die Gewißheit meines hübschen Aussehens. Auch du bist übrigens etwas komisch.

STORCH: Du meinst meine Würde. Aber ich kann nichts dafür. Ich trete etwas steif, gemessen auf, aber ich gehe eben in diesem Gravitätischen auf, verstehst du?

STACHELSCHWEIN: Ich verbiete mir, irgendetwas zu verstehen. Verständnis würde mich ärgerlich machen. Glaubst du, ich gäbe mir Mühe, über dich Beobachtungen anzustellen? Ich überlasse das Tiefsinnigwerden dir und deinesgleichen. Du dauerst mich, daß du nicht von mir loskommst, finde es aber lustig, daß du mich dauerst. Also dauerst du mich wieder nicht. Ich besitze Hügelform, siehst du, und mache den Eindruck, als sei ich leblos.

STORCH: Das ist ein sehr großer Vorteil. Ich bewundere dich, du kicherst?

STACHELSCHWEIN: Oh, über die Besorgnisse eines so Geistreichen. Kultiviert zu sein und einem Stachelschwein ein Lächeln zu entlocken wünschen. Mich überkommt nur innere Lustigkeit. Äußerlich würde ich nie lachen. Ich halte zu viel auf den guten Ton. Auch rede ich hier schon zu lang mit dir. Ich bin dir lieb. Du aber, Befiederter, flößest mir Grauen ein. Ich schrecke aber nur vor dir zurück, weil mir das so paßt. Das Zurückschrecken vergnügt mich.

STORCH: Verachtest du mich?

STACHELSCHWEIN: Meine Stacheln empfehlen mir das. Sonst würdest du mir imponieren. Du bist ja aber auch viel zu langbeinig, großschnäbelig, zu stolz, zu schön für mich.

STORCH: Daß ich an dir Unscheinbarkeit sterbe.

Stachelschwein hüllt sich ganz in den Mantel, äugelt nur noch so ein bißchen daraus hervor. Sieht den Guten vor seiner Neigung beben, von seinen Schlankheiten umzogen. Sagt aber nichts mehr. Findet Sprache von nun an zwecklos, kauert nur noch so da in unsagbarer Eigenart und Unfaßlichkeit. Der Storch steht gebannt. Stachelschweinliche Unbehilflichkeit kommt über ihn. Im Grund ist das Stachelschwein ein komplettes Kind, und das Einsame hebend, ist nun der Gütige selber seltsam und einsam. Er glaubt auch mit Stacheln geziert zu sein.

Im Wald wird es Nacht; der bezauberte Storch steht auf einem Bein, in hohes Liebesleid versunken.

Das Stachelschwein ignoriert ihn. Anscheinend schläft es. Aber das trifft nicht zu. Es wartet, ob der Storch schluchzen werde. Ihm scheint das Mühe zu machen, aber es ist Aussicht, daß er's fertigbringt. Welch eine nächtliche Komödie.

Ich könnte noch vieles über das Verhältnis des Storches zum Stachelschwein vorbringen, will aber Maß halten. Des Storches Situation gegenüber dem

Stück Kläglichkeit scheint kläglich. Weshalb sich aber auch so töricht rühren lassen? Nun fließen ihm Tränen über den sonst so gescheiten Schnabel herab. Hab' ich es ihm nicht gesagt, es müsse so kommen?

Ob sich wohl das Stachelschwein darob freut?

Das bleibt Geheimnis. Geheimnisse sind ihrer Natur nach unerklärlich. Das Unerklärliche ist interessant. Interessantes gefällt.

Storch, o wie tief fielest du!

Doch anderseits wieder für das liebe und an sich nicht unbedeutende Stachelschwein: welche Ehre!

Haben Sie schon einen Storch weinen gesehen? Nicht? Dann umso eigentümlicher.

Er weint in stiller Nacht nicht bloß Bäche, sondern Niagarafälle. Die Trauer um sein angebetetes Stachelschwein wird ihm zum langanhaltenden Bedürfnis. Es liegt übrigens Heroismus in seiner Hingegebenheit. So ein Storch mopst sich bisweilen. Dann geht er hin und macht sich zum Helden.

Als der Morgen naht, steht er noch immer in seinem nie genug gelobten Schmerz da. Ist der geduldig!

Zu denken, daß er währenddessen versäumt hat, Kinder zu bringen. Herrschaft, dieser Verlust!

Wie gerne würde der Storch mit seinem Schnabel die Stacheln des Stachelschweines geküßt haben. Was das für ein Küssen gegeben hätte! Wir erschauern angesichts solcher Vorstellung.

OSCAR WILDE

Die Nachtigall und die Rose

Sie sagte, dass sie mit mir tanzen würde, wenn ich ihr rote Rosen brächte«, rief der junge Student. »Aber in meinem ganzen Garten gibt es keine einzige rote Rose.«

Von ihrem Nest in der Steineiche hörte ihn die Nachtigall, schaute durch die Blätter und wunderte sich. »Keine einzige rote Rose in meinem ganzen Garten!«, rief er, und seine schönen Augen füllten sich mit Tränen. »Ach, von welch kleinen Dingen das Glück abhängt! Ich habe alles gelesen, was kluge Menschen geschrieben haben, alle Geheimnisse der Philosophie sind mein; nun, da ich einer einzigen rote Rose bedarf, ist mein Leben elend.«

»Das ist endlich ein wahrer Liebender«, sagte die Nachtigall. »Nacht für Nacht sang ich von ihm, dachte, ich kenne ihn nicht: Nacht für Nacht erzählte ich seine Geschichte den Sternen und erst jetzt erkenne ich ihn. Sein Haar ist dunkel wie Hyazinthenblüten, und seine Lippen sind rot wie die Rose seines Verlangens; aber Leidenschaft hat sein Gesicht blass wie Elfenbein werden lassen und Sorgen haben ihr Siegel über seinen Augenbrauen hinterlassen.«

»Der Prinz gibt morgen Abend einen Ball«, murmelte der junge Student, »und meine Liebste wird bei der Gesellschaft sein. Wenn ich ihr eine rote Rose bringe, wird sie mit mir bis zur Morgendämmerung tanzen. Wenn ich ihr eine rote Rose bringe, kann ich sie in meinen Armen halten, und sie wird ihren Kopf an meine Schulter lehnen, und ihre Hand wird in meiner liegen. Aber es gibt keine rote Rose in meinem ganzen Garten, also werde ich alleine bleiben und sie wir an mir vorübergehen. Sie wird sich nicht für mich erwärmen und mein Herz wird brechen.«

»Das ist wirklich der wahre Liebende«, sagte die Nachtigall. »Worüber ich singe, lässt ihn leiden, was meine Freude ist, ist sein Kummer. Sicher ist Liebe etwas Wundervolles. Sie ist edler als Smaragde und kostbarer als herrliche Opale. Perlen und Granatäpfel können sie nicht erwerben, noch wird sie auf dem Marktplatz feilgeboten. Von keinem Händler kann sie erworben werden, auch in Gold ist sie nicht aufzuwiegen.«

»Die Musiker werden auf dem Podium sitzen«, sagte der junge Student, »und auf ihren Instrumenten spielen, und meine Liebe wird zum Klang der Harfe und der Violine tanzen. Sie wird so leicht dahinschweben, dass ihre Füße den Boden nicht berühren und die Verehrer in ihrer glänzenden Kleidung sich um sie drängen. Aber mit mir wird sich nicht tanzen, da ich keine rote Rose habe um sie ihr zu geben.« Und er warf sich ins Gras und vergrub sein Gesicht in den Händen und weinte.

»Warum weint er?«, frage die kleine grüne Eidechse, als sie mit erhobenem Schwanz an ihm vorbeilief.

»Warum nur?«, sagte der Schmetterling, der einem Sonnenstrahl hinterherflatterte.

»Warum nur?«, flüsterte ein Gänseblümchen zu ihrer Nachbarin, in einer weichen, sanften Stimme.

»Er weint um eine rote Rose«, sagte die Nachtigall.

»Um eine rote Rose?«, riefen sie. »Wie lächerlich!« Und die kleine Eidechse, die so etwas wie eine Zynikerin war, lachte laut auf.

Aber die Nachtigall verstand das Geheimnis des Kummers des Studenten, und sie saß schweigend in der Steineiche und dachte über das Mysterium der Liebe nach.

Plötzlich breitete sie ihre braunen Flügel aus zum Flug und stieg in die Luft. Sie flog durch den Hain wie ein Schatten, und wie ein Schatten schwebte sie quer durch den Garten.

In der Mitte des Rasens stand ein wunderschöner Rosenstrauch, und als sie ihn sah, flog sie über ihn und landete auf einem Zweig.

»Schenk mir eine rote Rose«, rief sie, »und ich werde dir mein lieblichstes Lied singen.«

Aber der Rosenstrauch schüttelte seinen Kopf.

»Meine Rosen sind weiß«, antwortete er. »Weiß wie die Gischt des Meeres und weißer als der Schnee auf den Bergen. Aber geh zu meinem Bruder, der an der alten Sonnenuhr wächst, vielleicht kann er dir geben, was du wünschst.«

So flog die Nachtigall zum Rosenstrauch, der an der Sonnenuhr wachst, hinüber.

»Schenk mir eine rote Rose«, rief sie, »und ich werde dir mein lieblichstes Lied singen.«

Aber der Rosenstrauch schüttelte seinen Kopf.

»Meine Rosen sind gelb«, anwortete er. »So gelb wie das Haar der Meerjungfrau, die auf dem Bernsteinthron sitzt, und gelber noch als die Narzisse, die auf der Wiese blüht, bevor der Mäher mit der Sense kommt. Aber geh zu meinem Bruder, der unter dem Fenster des Studenten wächst, vielleicht kann er dir geben, was du wünscht.«

So flog die Nachtigall zum Rosenstrauch hinüber, der unter dem Fenster des Studenten wuchs.

»Schenk mir eine rote Rose«, rief sie, »und ich werde dir mein lieblichstes Lied singen.«

Aber der Rosenstrauch schüttelte seinen Kopf.

»Meine Rosen sind rot«, antwortete er, »so rot wie die Füße einer Taube und roter als die weiten Korallenriffe, die in der Tiefe des Meeres wogen und wogen. Aber der Winter hat meine Adern verfroren, der Frost hat meine Knospen im Keim erstickt und der Sturm hat meine Zweige gebrochen, ich werde wohl in diesem Jahr keine Rosen haben.«

»Eine rote Rose, ist alles was ich will«, rief die Nachtigall, » nur eine rote Rose! Gibt es denn keinen Weg diese zu bekommen?«

»Es gibt einen Weg«, sagte der Rosenstrauch. »Aber er ist so schrecklich, dass ich nicht wage, ihn dir zu erzählen.«

»Sag ihn mir«, sagte die Nachtigall, »ich fürchte mich nicht.«

»Wenn du eine rote Rose willst«, sagte der Rosenstrauch, »musst du sie bei Mondlicht aus Musik formen und färben durch dein eigenes Herzblut. Du sollst zu mir singen mit deiner Brust an meinem Dorn. Die ganze Nacht lang sollst du singen und der Dorn wird dein Herz durchbohren, dein Lebensblut soll in meine Adern fließen und zu meinem werden.«

»Der Tod ist ein hoher Preis für eine rote Rose«, rief die Nachtigall, »und das Leben ist jedem teuer. Es tut so gut, in grünen Wäldern zu sitzen, die Sonnengondel zu schauen und den Mond in seiner Perlengondel. Süß ist der Duft des Weißdorns, süß die Glockenblumen, die sich im Tal verbergen, und das Heidekraut, das an den Hügeln blüht. Aber die Liebe ist mehr als das Leben, und was ist das Herz eines Vogels verglichen mit dem Herzen eines Mannes?«

Und so breitete sie ihre braunen Flügel zum Flug aus und stieg auf in die Luft. Sie schwebte über den Garten wie ein Schatten und wie ein Schatten segelte sie durch den Hain.

Der junge Student lang noch immer im Gras, wo sie ihn zurückgelassen hatte, und seine Tränen waren noch nicht trocken in seinen wunderschönen Augen.

»Sei fröhlich,« rief die Nachtigall, »sei fröhlich. Du wirst deine rote Rose bekommen. Ich werde sie aus Musik formen bei Mondlicht und sie färben mit meines Herzens Blut. Alles, worum ich dich dafür bitte, ist, ein wahrer Liebender zu bleiben, denn Liebe ist weiser als Philosophie, obgleich diese weise ist, und mächtiger als die Macht, obgleich diese mächtig ist. Flammenfarben sind ihre Flügel und gefärbt wie eine Flamme ist ihr Körper. Ihre Lippen sind süß wie Honig und ihr Atem ist wie Weihrauch.«

Der Student schaute aus dem Gras auf und lauschte, aber er verstand nicht, was die Nachtigall zu ihm sagte, da er nur kannte, was in Büchern niedergeschrieben steht.

Aber die Eiche verstand es und wurde traurig, da sie die kleine Nachtigall sehr lieb gewonnen hatte, die ein Nest in ihren Ästen gebaut hatte.

»Sing mir ein letztes Lied«, flüsterte er. »Ich werde sehr einsam sein, wenn du fort bist.«

Also sang die Nachtigall zur Eiche und ihre Stimme sprudelte wie Wasser aus einer Silberquelle.

Als sie ihr Lied beendet hatte, stand der Student auf, zog ein Notizbuch und einen Bleistift aus seiner Tasche hervor.

»Sie hat Format«, sagte er zu sich selbst, als er durch den Hain fortging, »das kann man ihr nicht absprechen; aber hat sie auch Gefühle? Ich fürchte nein. Eigentlich ist sie wie alle Künstler; sie hat nur Stil ohne die geringste Ernsthaftigkeit. Sie würde sich nicht selbst für andere aufopfern. Sie denkt bloß an Musik und jeder weiß, dass die Künste selbstsüchtig sind. Trotzdem muss ihr zugestanden werden, dass sie einige wunderwolle Töne in ihrer Stimme hat. Wie schade, dass sie keine Bedeutung haben oder irgendeinen praktischen Nutzen.« Und er ging in sein Zimmer, legte sich auf sein kleines Strohbett und begann an seine Liebste zu denken; und nach einer Weile schlief er ein.

Als der Mond am Himmel schien, flog die Nachtigall zum Rosenstrauch und drückte ihre Brust gegen einen Dorn. Die ganze Nacht lang sang sie mit ihrer Brust gegen den Dorn und der kalte kristallklare Mond beugte sich herunter und lauschte. Sie sang die ganze Nacht hindurch, und der Dorn drang tiefer und tiefer in ihre Brust und ihr Lebensblut wich aus ihr.

Sie sang zunächst von der aufkeimenden Liebe im Herzen eines Jungen und eines Mädchens. Und am höchsten Zweig des Rosenstrauchs erblühte eine herrliche Rose, Blütenblatt folgte auf Blütenblatt, wie ein Lied auf das nächste folgte. Blass war sie anfangs, wie leichter Nebel, der über dem Fluss liegt. Blass wie Fußspitzen des Morgens und silbern wie die Flügel des beginnenden Tages. Wie das Bild einer Rose in einem Spiegel aus Silber, wie das Bild einer Rose in einem Wasserbassin, so war die Rose, die am höchsten Zweig des Rosenstrauchs erblühte.

Aber die Rose rief zur Nachtigall, sie solle sich kräftiger gegen den Dorn pressen. »Noch kräftiger«, rief die Rose, »oder der Tag beginnt, bevor die Rose fertig ist.«

So drückte sich die Nachtigall noch kräftiger gegen den Dorn und lauter und lauter wurde ihr Gesang, als sie von der Geburt der Leidenschaft in der Seele eines Mannes und einer Maid sang.

Und ein zarte Hauch von Rosa legte sich über die Blätter der Rose wie der Hauch im Gesicht des Bräutigams, wenn er die Lippen der Braut küsst.

Aber der Dorn hatte noch nicht ihr Herz erreicht, so dass das Herz der Rose weiß blieb, da nur das Herzblut der Nachtigall das Herz einer Rose blutrot färben kann.

Und die Rose rief zur Nachtigall, sie solle sich noch kräftiger gegen den Dorn drücken. »Noch kräftiger«, rief die Rose, »oder der Tag beginnt, bevor die Rose fertig ist.«

Und so presste sich die Nachtigall stärker gegen den Dorn, der Dorn berührte ihr Herz und ein heftiger Schmerz durchzuckte sie. Bitter, bitter war der Schmerz und immer wilder wurde ihr Gesang, als sie von der Liebe sang, die durch den Tod vervollkommnet wird, von der Liebe, die nicht einmal im Grab stirbt.

Und die wundervolle Rose wurde blutrot, wie die Rose am östlichen Himmel. Blutrot war der Ring der Blütenblätter und blutrot wie ein Rubin war das Herz. Aber die Stimme der Nachtigall wurde matter und ihre kleinen Flügel begannen zu flattern, ein Nebelschleier legte sich über ihre Augen. Schwächer und schwächer wurde ihr Gesang und sie fühlte ihre Kehle immer enger werden.

Dann gab sie einen letzten Schwall Musik von sich. Der weiße Mond hörte es, und vergaß die Morgendämmerung und verweilte am Himmel. Die rote Rose hörte es und bebte überall voll Verzückung und öffnete ihre Blütenblätter in der kalten Morgenluft. Ein Echo trug ihn zu seinen purpurnen Höhlen in den Bergen und weckte die schlafenden Schäfer aus ihren Träumen. Er glitt durch das Schilf am Fluss und es trug die Nachricht weiter zum Meer.

»Sieh nur, sieh!«, rief der Rosenstrauch. »Die Rose ist jetzt fertig.« Aber die Nachtigall gab keine Antwort, da sie tot im langen Gras lag mit einem Dorn in ihrem Herzen.

Und als es Mittag wurde, öffnete der Student sein Fenster und sah hinaus. »Welch großes Glück!«, rief er. »Hier ist eine rote Rose! Ich habe in meinem ganzen Leben nie eine Rose wie diese gesehen. Sie ist so wunderschön, dass ich sicher bin, sie hat einen langen lateinischen Namen.« Und er lehnte sich aus dem Fenster und brach sie.

Dann setzte er sich seinen Hut auf und lief zum Haus des Professors mit der Rose in seiner Hand.

Die Tochter des Professors wickelte blaue Seide zu einem Knäul, während sie im Eingang saß, ihr kleiner Hund lag zu ihren Füßen.

»Sie sagten«, rief der Student, »sie würden mit mir tanzen, wenn ich Ihnen eine rote Rose brächte. Hier ist die roteste Rose in der ganzen Welt. Sie können sie heute Abend an Ihrem Herzen tragen und wenn wir tanzen, wird sie Sie daran erinnern, wie sehr ich Sie liebe.«

Jedoch das Mädchen runzelte die Stirn. »Ich fürchte, sie wird nicht zu meinem Kleid passen«, antwortete sie. »Und nebenbei bemerkt, hat mir der Neffe des Kämmerers echte Juwelen geschickt und jeder weiß doch, dass Juwelen viel teurer sind als Blumen.«

»Nun, glauben Sie mir, Sie sind sehr undankbar«, sagte der Student ungehalten. Und er warf die Rose auf die Straße, wo sie in den Rinnstein fiel und das Rad eines Wagens über sie rollte.

»Undankbar!«, rief das Mädchen. »Ich sagen Ihnen, Sie sind sehr unverschämt; und alles in allem, wer sind sie schon? Bloß ein Student. Ich glaube nicht, dass Sie Silberschnallen an Ihren Schuhen haben, wie sie der Neffe des Kämmerers trägt.« Und sie stand von ihrem Stuhl auf und ging ins Haus.

»Welch töricht Ding die Liebe ist«, sagte der Student, als er davonging. »Sie ist nicht halb so brauchbar wie die Logik, da sich mit ihr nichts beweisen lässt, und sie erzählt immer von Dingen, die niemals geschehen werden, sie lässt einen Dinge glauben, die nicht wahr sind. Wirklich, sie ist sehr unpraktisch und heutzutage ist praktisch zu sein alles, ich sollte wieder zur Philosophie zurückkehren und Metaphysik studieren.«

Also kehrte er in sein Zimmer zurück, zog ein verstaubtes dickes Buch hervor und begann zu lesen.

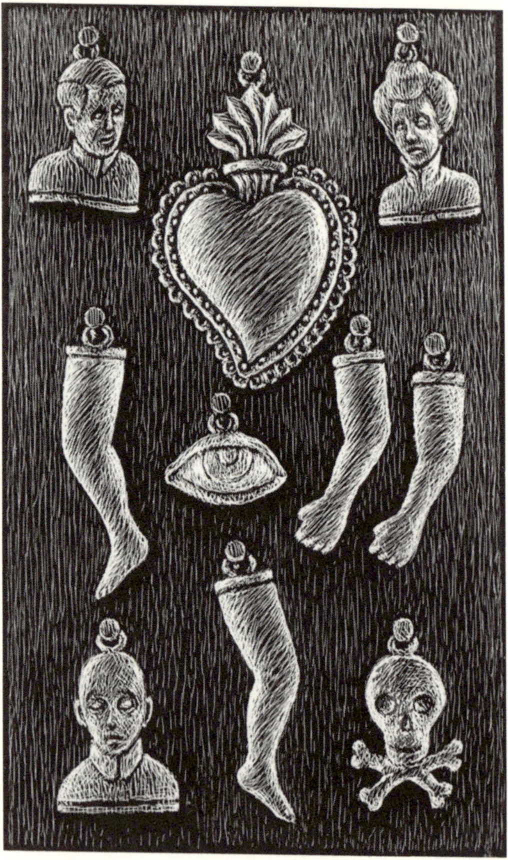

MARK TWAIN

Aurelias unglücklicher Bräutigam

Die in vorliegendem Falle mitgeteilten Tatsachen erfuhr ich aus dem Schreiben einer jungen Dame, die in der schönen Stadt San José lebt. Diese Dame ist mir völlig unbekannt, und sie hat ihren Brief nur mit Aurelia Marie unterschrieben, was möglicherweise ein Pseudonym ist. Aber, wie dem auch sei, dem armen Mädchen will ob dem Missgeschick, das sie betroffen, fast das Herz brechen. Sie ist von den sich widersprechenden Ratschlägen missleiteter Freunde und tückischer Feinde so verwirrt, dass sie nicht weiß, wie sie sich aus dem Netz von Schwierigkeiten herauswinden könnte, in dem sie hoffnungslos verstrickt zu sein scheint. In diesem Dilemma wendet sie sich an mich um Hilfe und erbittet mit einer rührenden Beredsamkeit, die ein steinernes Herz erweichen könnte, meinen Rat und Beistand. Hier folgt nun die traurige Geschichte.

Als sie sechzehn Jahre alt war, schreibt sie, lernte sie einen um etwa sechs Jahre älteren jungen Mann aus New Jersey kennen. Er hieß Williamson Breckinridge Caruthers, und sie verliebte sich in ihn mit der ganzen Glut eines leidenschaftlichen Wesens. Sie verlobten sich mit Zustimmung ihrer Angehörigen, und es schien längere Zeit, dass ihr Leben von allen Sorgen befreit sein sollte, die im Dasein sich gewöhnlich geltend machen. Endlich wendete sich aber das Glück. Caruthers bekam die Pocken, und als er nach längerer Krankheit genas, glich sein Gesicht einem Reibeisen, und seine Schönheit war für immer dahin. Anfangs beabsichtigte nun Aurelia die Verlobung zu lösen, doch das Mitleid mit dem unglückseligen Bräutigam überwog, und sie verschob nur die Hochzeit auf einige Monate später, um während dieser Zeit mit der veränderten Lage vertrauter zu werden.

Am Tage, an dem nun die Hochzeit hätte stattfinden sollen, fiel Breckinridge, als sein Blick dem Fluge eines Luftballons folgte, in einen Graben, und er brach ein Bein, das ihm schließlich oberhalb des Knies abgenommen werden musste. Wieder war Aurelia nahe daran, die Verbindung aufzuheben, aber wieder siegte die Liebe, und sie schob nur abermals den Hochzeitstag hinaus, um sich wieder an die Verhältnisse zu gewöhnen.

Doch nochmals überkam ein Missgeschick den unglücklichen jungen Mann. Ein verfrühter Kanonenschuss anlässlich der Unionsfeier ließ ihn einen Arm verlieren, und den zweiten riss ihm drei Monate später eine Dreschmaschine fort. Diese Unglücksfälle zermalmten Aurelias Herz fast. Es schmerzte sie aufs Tiefste zu sehen, wie ihr Bräutigam vor ihren Augen in Stücke ging. Sie wusste, dass er unter diesem fürchterlichen Reduktionsprozess nicht mehr lange bestehen konnte, doch sie kannte kein Mittel, um dem abzuhelfen. In ihrer tränenreichen Verzweiflung mochte sie fast bedauern, dass sie ihn nicht gleich nach dem ersten Unfall geheiratet hatte, wie ein Mann von der Börse, der sich sofort beim ersten Kursrückgang zu decken sucht. Indessen überwand sie alle ihre Empfindungen und beschloss, sich mit ihres Bräutigams unnatürlicher Veranlagung zu befreunden.

Wieder nahte der festgesetzte Hochzeitstag, und wieder stellte sich das Unglück ein. Caruthers verfiel in eine Krankheit und erblindete an einem Auge. Die Verwandten der Braut meinten nun, sie hätte bereits mehr getan, als vernünftigerweise von ihr zu fordern war, und verlangten, dass sie die Verlobung als gelöst betrachte. Doch nach einigem Schwanken erklärte Aurelia mit aller Großmut, die sie auszeichnete, sie habe ruhig über die Sache nachgedacht, könne aber nichts entdecken, was Breckinridge irgendwie zur Last gelegt werden könne. So schob sie denn den Verbindungstag wieder hinaus, und er brach indessen das andere Bein.

Es war ein trauriger Tag für das arme Mädchen, als sie sah, wie die Ärzte mit ernsten Mienen die Bahre forttrugen, deren Anwendung durch die vorhergegangenen Erfahrungen sie kannte, und ihr Herz sagte ihr die bittere Wahrheit, dass wieder ein Teil ihres Bräutigams dahin sei. Sie fühlte aber auch, dass ihre Neigung zu ihm immer kräftiger wurde, und widersetzte sich dem Drängen ihrer Angehörigen umso mehr, indem sie ihr Verlöbnis erneuerte.

Kurz bevor die Hochzeit hätte stattfinden sollen, ereignete sich ein neues Unglück. In diesem Jahre skalpierten die Owens-River-Indianer nur einen Mann, und dieser eine war gerade Williamson Breckinridge Caruthers aus New Jersey. Während er frohen Herzens nach Hause eilte, verlor er sein Haar für immer.

Nun ist Aurelia in Verlegenheit, was sie tun soll. Sie liebt noch ihren Breckinridge. Sie schreibt mit echt weiblichem Gefühl, sie liebe noch, was von ihm vorhanden sei. »Was soll ich nun tun?«, fragte sie in schmerzlicher Verlegenheit.

Es ist dies eine heikle Frage, eine Frage, die das lebenslängliche Glück eines Weibes und ungefähr zwei Drittel des Mannes betrifft, und ich fühle, ich nähme hier eine zu große Verantwortung auf mich, wenn ich eine entscheidende Antwort gäbe. Wie wäre es, wenn man versuchen würde, ihn wiederherzustellen? Hätte Aurelia die Mittel, so könnte sie ihren verstümmelten Bräutigam mit hölzernen Armen und Füßen, mit einem Glasauge und Perücke ausrüsten, was ihm ein anderes Aussehen gäbe. Sie könnte ihm ferner noch eine neunzigjährige Frist gewähren und, wenn er in dieser Zeit nicht den Hals bricht, ihn heiraten und den Dingen ihren Lauf lassen. Meines Erachtens riskiert Aurelia hierbei keineswegs viel, denn wenn er fernerhin die besondere Eigenart bekundet, zu Schaden zu kommen, sooft sich dafür eine gute Gelegenheit bietet, so dürfte sein nächstes Experiment sein Ende herbeiführen, und dann wird sie, verheiratet oder ledig, der Sache einmal los. Ist sie dann bereits verheiratet, so würden die hölzernen Gliedmaßen und ähnliche Werte der Witwe zufallen. Sie hätte dann höchstens nur den Verlust des Bruchteils eines edlen, aber unglücklichen Ehemannes zu beklagen, der redlich bemüht war, alles aufs Beste zu machen, aber ganz ungewöhnliche Instinkte wider sich hatte. Aurelia soll es versuchen. Ich habe mir die Sache gut und sorgfältig überlegt und finde, dass es für sie der einzige Ausweg ist. Es wäre seitens Caruthers ein prächtiger Einfall gewesen, wenn er die Sache mit seinem Hals begonnen und den zuerst gebrochen hätte. Da er aber einen andern Weg einschlug und die Sache so lang wie möglich hinausschiebt, so glaube ich nicht, dass wir ihm dabei irgendwie hinderlich sein dürfen. Wir müssen unter solchen Umständen das Beste tun, was sich machen lässt, und den Dingen ihren Lauf lassen.

ANTHONY McCARTEN

Druck

Monicas Migräne hatte schon am Morgen eingesetzt, als sie auf dem Weg zu ihrer Vorschule im Stau stand, und den ganzen Tag über angehalten, anfangs auf der rechten, ab Mittag dann auf der linken Seite, wo der Schmerz bohrender wurde und vereinzelte Stiche an die Rückseite des linken Auges aussandte.

Um zwei Uhr nachmittags, zu Beginn ihrer Vorlesestunde, versuchte sie, sich zu schonen und nur so laut zu sprechen, dass man sie hinten im Klassenzimmer gerade noch verstehen konnte, um den Schmerz nicht durch zu große Lautstärke weiter zu verschlimmern. In der Pause vor der letzten Unterrichtsstunde presste sie die Finger an den Nasenrücken und schloss für ein paar Sekunden die Augen; sie hoffte, dass sie bis zur Ziellinie um vier Uhr durchhielt. Wenn sie nicht aufpasste und sich schonte, würde es die Hölle.

Sie bereitete ihre Klasse auf eine Geschichte über Monarchfalter vor. Welche Farbe haben die? Wer hat schon mal einen gesehen? Wo leben sie?

Eifrige kleine Hände schossen in die Luft und wetteiferten um ihre Aufmerksamkeit.

»Samantha? Orange, gut. Braun? Na, nicht so richtig. Ich habe hier ein Bild, darauf könnt ihr sehen … dass er … na ja, er ist eher rotbraun, seht ihr, rotbraun. Und wie groß sind seine Flügel? Weiß das jemand? Nein, so groß sind sie nicht, das ist nur ein großes Bild. Nein, sie sind *zehn Zentimeter* breit.« Der Nachdruck, mit dem sie das sagte, weckte die Aufmerksamkeit der meisten Kinder. »Rachel! Wovon habe ich gerade gesprochen? Hörst du überhaupt zu? Wovon rede ich gerade?«

»Nein.« Die automatische Antwort würde dem Mädchen im späteren Leben noch sehr zugutekommen, aber nicht hier, nicht jetzt.

»Worüber rede ich gerade?«

»Schmetterlinge.« Sie hatte also doch aufgepasst. Sie würde es noch weit bringen.

»Ganz recht. Über Schmetterlinge.«

Jemand klopfte an die Tür. Der Schulleiter fragte, ob er Monica kurz sprechen könne. Neben ihm standen zwei völlig verschüchterte asiatische Kinder.

»Da sind sie«, sagte er. »Die kambodschanischen Kinder.«

»Schön. Kommt herein. Hallo, ihr beiden.« Monica ging in die Hocke, als sie auf sie einredete; ihr Kopf drohte zu zerspringen. »Ich bin Mrs Pringle.«

Sie sprach langsam und überdeutlich. Sie wusste, die beiden verstanden praktisch kein Wort Englisch. »Ihr werdet eine Zeitlang an unserer Spielgruppe teilnehmen. Habt ihr dazu Lust? Wollt ihr mit uns spielen? Spielen? Und Geschichten hören?«

Die Kinder nickten nicht. Aus ihren Augen sprach nackte Angst. Sie musste ihnen äußerst verdächtig vorkommen, ein neuer Typus westlicher Mensch – die lächelnde fremde Frau – und trotz aller Freundlichkeit vermutlich ebenso gefährlich wie die Roten Khmer.

Monica hatte erfahren, dass die Eltern der beiden einen Asylantrag gestellt hatten, und da sie noch nicht als Flüchtlinge anerkannt waren, durften die Kinder nur unter Vorbehalt am Vorschulunterricht teilnehmen. Mit anderen Worten: Sie konnten jederzeit wieder nach Hause geschickt werden.

»Wollt ihr nicht reinkommen und euch zu den anderen setzen?«

Bruder und Schwester hielten sich bei der Hand, als wollten sie sich gegenseitig beschützen. Monica hatte in der Mittagspause im Lehrerzimmer etwas über ihren Hintergrund erfahren: Sie hatten Tausende von Meilen zurückgelegt, erst zu Fuß und in einem primitiven Boot, dann per Flugzeug und Eisenbahn. Bevor sie in London anlangten, hatten sie mehrere Welten und Leben durchmessen. Diese beiden Kinder hatten in ihrem kurzen Leben so viel gesehen, dass sie mit gutem Grund für lange Zeit jedem Menschen misstrauen würden.

Monica fasste sie bei der Hand. »Das wird schon«, versicherte sie ihrem Chef und schloss die Tür. Sie legte die Hände an die Hinterköpfe der Kinder und schob sie ins Klassenzimmer, ein improvisiertes Paradies in Rot, Gelb und Laubfroschgrün, bepflastert mit Buntstiftzeichnungen – riesigen Pilzen, Kaninchen und weißen Wattewölkchen. Von der großen Sitzmatte aus starrten die anderen Kinder ohne großes Interesse die ausländischen Zwillinge an, als seien diese nur ein weiterer Punkt in ihrem Unterhaltungsprogramm.

»Schaut mal alle her. Das hier ist Lon.« Kein Nicken von Lon. »Lon. Und das ist Tang. Lon und Tang.« Von den Mädchen ganz hinten kam leises Gekicher. »Sie stammen aus Kambodscha. Weiß einer von euch, wo das ist? Wo Kambodscha ist?«

»Am Meer.«

»Ja, gut, an *einem* Meer.«

Kurz darauf hatten die Neuankömmlinge sich auf der Matte niedergelassen, starrten genau wie die anderen mit großen Augen auf das Bilderbuch und lauschten verständnislos Monicas Vortrag; zumindest dem Anschein nach waren sie jetzt Teil dieser regenbogenbunten Kinderwelt.

Als Monica nach Hause kam, warf sie Tasche und Schlüssel auf den Tisch und verschwand schnurstracks im Bad. Sie holte ein Fläschchen mit Nurofen-Kapseln aus dem Medizinschrank und behielt vier davon auf der Zunge, bis sie wieder in der Küche war, wo sie sich vorbeugte und geradewegs aus dem Wasserhahn trank. »Oh«, stöhnte sie und kühlte sich die Stirn mit der feuchten Hand.

An diesem Abend würde sie ganz bestimmt nichts mehr essen. Eric konnte die Reste von dem persischen Essen haben, das Tracy jetzt auf seine Bitte hin Abend für Abend mitbrachte und das inzwischen fast allen Platz im Kühlschrank belegte. Monica war von diesen Sachen ohnehin nicht begeistert. Immerhin hatte sie sich gezwungen, so viel davon zu essen, dass sie einige Namen kannte – *Halim Bademjan* und *Mast o chiar* beispielsweise.

Eric hingegen bezeichnete diese Gerichte immer noch als »das Zeugs aus Auberginen und Walnüssen« oder »diese Dinger in Joghurt«. Er war ganz begeistert davon und hatte sich schon seit Wochen weder Spiegelei noch Speck gebraten.

Sie suchte vergeblich im Eisfach nach ein paar Eiswürfeln, um ihre Schläfen zu kühlen; alles, was sie fand, waren Aluschälchen mit tiefgekühlten persischen Gerichten. Verzweifelt schloss sie die Vorhänge und legte sich aufs Bett.

In dem abgedunkelten Schlafzimmer halfen die Schmerztabletten ihr beim Einschlafen. Als sie gegen halb zehn aufwachte, fühlte sie sich aber noch immer nicht viel besser.

Eric saß im Wohnzimmer und sah in aller Ruhe fern, die Finger hinter dem Kopf verschränkt. »Migräne?«, fragte er ohne Mitgefühl. Sie wusste, dass er diese Phasen insgeheim genoss, weil er dann die Wohnung abends ganz für sich hatte.

»Tracy will heute Abend mit uns reden«, verkündete Eric.

»Worüber?«

»Weiß der Geier. Sie hat angerufen, als du geschlafen hast.«

»Und wann?«

»Wenn sie nach Hause kommt.«

»Gibt's irgendwelchen Ärger?«

»Keine Ahnung. Hat sie nicht gesagt. – Tässchen Tee?«, fragte er schließlich.

»Hm. Gerne.«

Sie setzte sich an die frei gewordene Stelle und starrte auf den Fernseher. Obwohl sie monatlich fünfunddreißig Pfund extra für dieses Satellitenprogramm ausgaben, schaltete sie es nie ein. Das ganze Gebäude war übersät mit kleinen Schüsseln: tausend hässliche Hörhilfen, die die Welt belauschten. Ein Reporter berichtete, dass das Mc-Laren-Team in diesem Jahr zum ersten Mal »seit einer Ewigkeit« Aussicht hatte, den Weltmeistertitel der Konstrukteure zu erringen. Eine siegreiche Boxenmannschaft vollführte ausgelassene Luftsprünge.

Eric rief aus der Küche: »Wieso mache ich mir eigentlich Sorgen, wenn ich erfahre, dass sie mit uns sprechen will?«

Monica fühlte sich zu schwach, um ihm auf die Entfernung zu antworten, und wartete, bis er mit zwei Tassen Tee zurück ins Zimmer kam.

»Weil …«, sie nahm einen Schluck und schaute bewusst nicht zu dem Formel-1-Rennwagen, der auf der Startgeraden den Motor aufheulen ließ, »weil es das erste Mal ist.«

»Ich hab heute ein Fenster repariert. Und ein paar von den Stromkabeln in 2307 erneuert«, sagte er, ohne den Blick von der Mattscheibe abzuwenden.

Sie nickte. Es war schon lächerlich. Wie jedes erfolgreiche Ehepaar redeten sie sich ein, dass sie ein Team waren, das am selben Strang zog, doch wann immer sie darüber nachdachte – was sie tunlichst vermied –, lag es auf der Hand: Während sie alles tat, die Stadtverwaltung zur Räumung des Gebäudes zu drängen, es für baufällig zu erklären und mit der Abrissbirne dem Erdboden gleichzumachen, werkelte er ohne jedes Gespür für die Ironie der Situation mit Hammer und Nägeln und verdiente sich seinen bescheidenen Unterhalt damit, dass er kleine Schäden reparierte.

Nicht dass sie das wirklich überrascht hätte. Er hatte immer gern alles so gelassen, wie es war, hatte nur offensichtliche Risse zugeschmiert, ansonsten aber zufrieden inmitten von Notbehelfen gelebt; sie hingegen suchte nach Vollkommenheit und ging alles immer gründlich an. Im Grunde waren sie so verschieden, dass ihr ganzes Arrangement ein einziger Unsinn war, aber aus Angst vor den möglichen Konsequenzen wollte keiner von ihnen darüber reden.

Und da waren sie nun, Seite an Seite, nach normalen Maßstäben ein durchaus glückliches Paar: der fröhliche Zimmermann und die rastlose Aktivistin, ihre widerstreitenden Impulse so sorgsam vergraben wie radioaktive Abfälle, eine tickende Zeitbombe, und doch lebten sie weiter, als wäre nichts dabei, und hofften einfach, dass die Behälter mit ihren Gegensätzen ein Leben lang dicht hielten.

Sie warf einen Blick auf den Fernsehschirm. Nicht leicht zu sagen, wer das Rennen machen würde. Immer wieder überholten sich die Wagen.

Als Tracy schließlich kam, war es schon halb zwölf. Und sie war nicht allein.

»Mum, Dad, Sam hat mich wieder nach Hause gebracht.«

Sam war außer Atem, die Nasenflügel gebläht, puterrot von dem Aufstieg.

»Tracy, das hättest du uns sagen sollen.«

Eric entschuldigte sich, dass der Lift nicht fuhr, als wäre es seine persönliche Schuld, und begrüßte Sam wie einen alten Freund. Monica betrachtete die beiden Männer, wie sie sich energisch die Hände schüttelten, und konnte nur staunen, wie schlagartig sich die Atmosphäre verändert hatte. Eric bat um Verzeihung, dass er sich noch nicht gemeldet hatte, »wegen diesem kleinen Jobangebot«, und fügte dann noch hinzu, wie dankbar er und Monica seien, dass er aus ihrer Tochter einen völlig neuen Menschen gemacht habe.

»Nicht ich«, schnaufte Sam. »Sie selbst.« Herzlich wandte er sich an Monica. »Wie schön … verzeihen Sie … Sie zu sehen.«

Sie nahm ihm den völlig überflüssigen Regenschirm ab und versuchte zu lächeln. Doch das verschlimmerte den Schmerz im Kopf noch, und sie beschloss, ihre Gastfreundschaft doch lieber mit leisem Nicken und bedächtigen Bewegungen zu zeigen.

»Wollen wir uns nicht setzen?«, schlug sie vor.

Auf der Couch brach Tracy das Eis der vierfachen Beklommenheit. »Mum, Dad, ihr wundert euch vielleicht, wieso wir herkommen und mit euch reden wollen. Also, Sam hat mich gefragt, ob ich seine Frau werden will. Und ich hab ja gesagt.« Das sollte reichen. Jetzt konnten sie die Flasche Champagner aufmachen, die sie mitgebracht hatten, und auf die Zukunft trinken.

Oft hat Schock eine sofortige Wirkung, doch bei Eric zeigte er sich zunächst nur darin, dass er noch begriffsstutziger wurde. »Wer?«, fragte er. »Wessen Frau?« Er blickte zuerst seine Tochter an, dann seine Frau. »Was soll das heißen?«

Monica hatte nicht vor, es ihm zu erklären.

»Sam und ich. Ich und Sam. Wir wollten, dass ihr es als Erste erfahrt. Ist ja ein bisschen plötzlich, aber wir dachten, wozu sollen wir warten.«

Mit dem Schweigen, das darauf folgte, hatte Tracy schon gerechnet, und so füllte sie die Leere mit einem Bericht darüber, wie sehr und wie sorgfältig und von wie vielen Seiten sie das alles betrachtet hatten, immer mit dem Wohl aller Beteiligten im Blick. »Natürlich ziehe ich hier aus, aber ich möchte, dass ihr alle … na ja, wir wissen ja noch gar nicht …« – sie wandte sich ihrem Verlobten zu, und aus dem Lächeln wurde ein Strahlen – »… es steckt ja alles noch in den Anfängen. Aber ihr sollt beide dabei sein, versteht ihr? Also, was sagt ihr dazu? Überraschend, was? Oder habt ihr's kommen sehen? Sam sagt, das habt ihr bestimmt nicht.«

Die Flügel eines Monarchfalters sind zehn Zentimeter breit, dachte Monica.

»Ich glaube, wir können schon sagen, sie haben es *nicht* kommen sehen«, übernahm Sam. Er versuchte zu lachen und hatte das gleiche, leicht irrsinnige Grinsen aufgesetzt wie seine zukünftige Frau. »Es ist ein Schock. Nur zu erwarten.« Er rutschte verlegen auf seinem Sessel hin und her und nestelte an seinem Krawattenknoten. »Und ich verstehe es vollkommen.«

Monica und Eric saßen wie versteinert.

Die Markenweltmeisterschaft wird in diesem Jahr zwischen Ferrari und McLaren entschieden.

»Aber da ist noch was«, sagte Tracy. »Das habe ich euch noch nicht gesagt, und es klingt viel schlimmer, als es ist. Sam hat schon zwei Frauen. Ich werde die dritte.«

Wer von euch weiß, wo Kambodscha ist?

»Zwei Frauen?«, brachte Eric hervor. »Ihr macht Witze, oder?«

»Dad …«

Sam unterbrach seine Zukünftige, denn ihm war klar, dass eine zu drastische Darstellung der Fakten bleibenden Schaden anrichten konnte. »Was Tracy, glaube ich, sagen will, das ist, dass mir als Muslim das Gesetz bis zu vier Ehefrauen gestattet … Aber ich versichere Ihnen, Tracy wird meine letzte. Ich habe nicht vor, eine vierte zu heiraten. Falls Sie sich … falls Sie sich deswegen Sorgen machen.«

Am Meer, am Meer, am Meer.

Alles vor Monicas Augen verschwamm, sie sah das Wohnzimmer wie durch ein Aquariumglas, und selbst die Stimme ihrer einzigen Tochter, die auf sie einredete und sie um Verständnis bat, drang wie aus weiter Ferne zu ihr. Sie versuchte einen klaren Gedanken zu fassen, doch in ihrem Hirn war nichts weiter als das bizarre Bild eines Schmetterlings.

Wie Lon und Tang hatte auch sie zu viel Angst; sie konnte den Blick nicht von dem Insekt abwenden, denn sie fürchtete, dass ein einziger Augenblick genügte, und jede Sicherheit wäre verschwunden, die Zukunft erloschen, als hätte man einen Lichtschalter gedrückt. Sie lief zur Toilette und übergab sich.

Eric holte sie zurück und beruhigte sie. Nach der Übelkeitsphase ließen die Schmerzen einer Migräne oft nach, besonders wenn er ihr die Kopfhaut massierte. Er stand hinter ihrem Stuhl, und Sam und Tracy sahen zu und jonglierten mit dem Schmerz, der offenbar eine Art hatte, sich, wenn er von einer Stelle vertrieben wurde, an einer anderen einzunisten.

»Mum? Alles in Ordnung?« Monica hatte die

Augen geschlossen und atmete tief und gleichmäßig. Sam hatte ihre Eltern bei seinem ersten Besuch so vollkommen verzaubert, dass Tracy sich ganz darauf verlassen hatte, dass sie ihre Entscheidung schon schlucken würden.

»Hättest du denn nicht mal was sagen können?«, fragte Monica schwach.

»Mum, da gab es nichts zu sagen, bis vor ein paar Tagen. Es hat uns beide vollkommen überrascht.«

»Es hat *euch* überrascht?«, fragte Eric.

»Danke, Dad.«

»Werd bloß nicht frech, ja?«

Tracy seufzte. Das würde nicht leicht werden. »Dad!«

Eric schüttelte den Kopf. »Das hätt' ich wissen sollen.«

»Das reicht.« Tracy spürte, wie der Druck sich in ihm aufbaute.

»Das hätt' ich wissen sollen. Dann hätte ich das in Ordnung gebracht. Da kannst du dich drauf verlassen.«

»Ich bin kein Herd, den man repariert, Dad. Da ist nichts in Ordnung zu bringen. Ich heirate einfach nur.«

»Allerdings. In einen verfluchten *Harem*!«, schrie er. Monica wand sich vor Schmerz. »Unglaublich! In einen verfluchten Harem!«

Sam beugte sich vor. »Glauben Sie mir, es ist kein Harem. Das müssen Sie verstehen. Es hat überhaupt nichts von einem Harem. Mein Urgroßvater hatte einen Harem, aber das hier, das ist etwas ganz anderes.«

»Na, da bin ich aber froh«, antwortete Eric. »Das ist mir natürlich ein großer Trost.«

»Monica, Eric«, setzte Sam noch einmal an. »Ich weiß, das ist nicht leicht für Sie zu verstehen, und ich kann mir gut vorstellen, wie Ihnen zumute sein muss, aber vielleicht, wenn wir vernünftig darüber sprechen …«

Eric schnaubte. »Nicht *leicht*?«

Tracy: »Dad!«

Sam ließ sich nicht beirren. »Und meine eigenen Eltern werden auch nicht gerade erfreut sein, wenn es Ihnen das leichter macht. Sie werden mich für verrückt erklären. Und es gibt ja auch an der Oberfläche vieles, was Ihnen auf den ersten Blick verrückt vorkommen muss – aber vielleicht sollte ich Ihnen sagen, dass ich mit meinen beiden anderen Frauen nicht schlafe.«

»Oh, und da brauchen Sie frisches Blut, was? Die beiden anderen sind Sie leid, und da holen Sie sich meine Tochter.« Eric hätte beinahe gelacht. »Und dann erzählen Sie uns, dass es nicht *leicht* für uns ist. Sie haben Nerven, das muss ich schon sagen.«

»Eric …«

»Hören Sie mir zu, ja? Sie haben nicht die leiseste Ahnung, was das für uns bedeutet, also erzählen Sie mir nicht, wie wir uns fühlen müssen.«

»Eric«, ermahnte ihn Monica.

»Und was soll das denn sonst sein als ein verfluchter Harem? Also kommen Sie mir nicht mit Ihren Klugscheißereien. Und da gibt's nur eine Antwort, mein Junge, nur eins, was du wissen musst: Kommt nicht in die Tüte. So, und jetzt verpiss dich. Hau ab.«

»Eric.« Monica tadelte ihn nicht in erster Linie, weil er die Nerven verlor. Von seinem Ausbruch hatte sich der Druck in ihrem Schädel verdoppelt; es war, als stecke ihr Kopf in einer Schraubzwinge.

»Okay, okay«, sagte er, senkte die Lautstärke und massierte nun die Schultern seiner Frau. »Und noch etwas will ich Ihnen sagen. Und auch das gratis. Gut, sie ist zwanzig und so weiter – aber bevor Sie sie in Ihre Krallen kriegen, hole ich die Bullen. Da zögere ich keine Minute.«

»Hier holt keiner die Bullen«, widersprach ihm Monica.

»Dad!«

»Das wollen wir doch mal sehen.«

»Dad! Damit würdest du auch nichts ausrichten. Es ist vollkommen legal.«

Der Ausdruck »vollkommen legal« brachte Eric mehr als alles andere in Harnisch.

»In Kabul, da ist so was vielleicht vollkommen legal, aber der soll nur mal versuchen –«

»Teheran.«

»… der soll nur versuchen …«

»Teheran«, sagte Tracy noch einmal.

»Teheran was?«

»Er ist aus Teheran.«

Doch Sam schlug sich auf Erics Seite. »Lass ihn weiterreden, mein Schatz. Es ist wichtig, dass er sich Luft macht.«

»Tausend Dank. Als ob ich dazu von *Ihnen* die Erlaubnis bräuchte, in meiner eigenen Wohnung! Und nennen Sie meine Tochter nicht ›mein Schatz‹!«

»Eric«, flüsterte Monica.

Sam blieb stur. »Reden Sie weiter, Eric. Sie sind wütend.«

»Na da bin ich ja froh, dass Sie das endlich merken. Ich hätte eingreifen müssen, in dem Augenblick, in dem ich gesehen habe, dass sie in dem scheiß Kebabladen arbeitet. Das war mein großer Fehler.«

Woraufhin Tracy sich in einer verzweifelten Geste vorbeugte und die Arme reckte, als wäre sie wieder das kleine Mädchen auf der Spielplatzschaukel, das gern heruntermöchte und hofft, dass sein

Vater es rettet. »Du kannst nichts machen. Beruhige dich.«

Monica kamen die Tränen. »Wie kann denn so etwas legal sein?«

Sam erklärte es. »Es ist legal, weil wir gar nicht richtig heiraten. Na, das war nicht gerade eine gute Formulierung. Ich meine, es wird nur eine *symbolische* Heirat.« Das reichte immerhin als Auslöser für die Krise; zwei bizarre neue Vorstellungen wollten bedacht sein, die Ehe zu viert und deren symbolische Natur. »Vor dem Gesetz bin ich nach wie vor ein unverheirateter Mann. Die beiden Frauen, die ich schon habe, habe ich auch nicht richtig geheiratet.«

Von da an machten weder Eric noch Monica sich überhaupt noch die Mühe, ihn anzusehen. Ihnen ging es jetzt nur noch um ihre Tochter: eine Dreijährige, die gedankenlos auf eine vielbefahrene Straße gelaufen war. Sie war in Lebensgefahr. Beide Pringles waren vor Schrecken starr. *Halt sie fest. Halt sie einfach nur fest!*

Dann endlich ging Tracy auf, worum sich die ganze Aufregung ihrer Eltern drehte. »Ich glaube, sie denken, dass du *polygam* bist.«

»Oh, nein, nein, nein«, versicherte Sam ihnen eilig, erleichtert bei dem Gedanken, dass das ihre einzige Sorge war. »Überhaupt nicht. Da brauchen Sie sich gar keine Sorgen zu machen.«

»Tracy!«, brüllte Monica. Sie konnte einfach keine Rücksicht auf ihren Kopfschmerz mehr nehmen.

»*Deswegen* seid ihr so aufgeregt?«, fragte Tracy ihre Eltern.

Es war zu spät. Eine Dampfwalze kam die Straße herunter und würde sie gleich alle überrollen. Wieder war Tracy auf die Fahrbahn gelaufen und sah überhaupt nicht, was da für Gefahren drohten. Aber Eltern scheuten bei so etwas kein Risiko und stürzten sich auch in die kleinste Lücke im Verkehr.

»Tracy!«, rief Monica noch einmal. »Überleg doch, was du da machst. Das ist Irrsinn.«

»Ich weiß.«

»Wir müssen allein darüber reden. Wir müssen jetzt allein sein.«

Sam machte Anstalten aufzustehen. »Dann gehe ich.«

»Nein!« Nun brüllte Tracy und drückte ihn wieder zurück in den Sessel.

»Ich gehe und –«

Jetzt fuhr Monica ihn an. »Ja, gehen Sie. Gehen Sie. Bitte. Lassen Sie uns allein. Eric, schick ihn weg. Schick ihn weg.« Stolz stand Eric neben seiner Frau, als sie dem Mann die Tür wies, und folgte ihm mit seinen Blicken. »Bitte verlassen Sie unsere Wohnung. Bitte. Gehen Sie.«

Sam gehorchte, kreidebleich. Schon unterwegs zur Tür, nahm er seinen Mantel vom Haken. »Wenn man mich um etwas bittet, dann muss man es kein zweites Mal tun. Das werden Sie im Laufe der Zeit noch herausfinden.«

Tracy hielt es nicht mehr aus. »Ich komme mit.« Sie sprang auf, raffte ihre Sachen zusammen und war fast noch vor ihm an der Tür. »Ich komme mit. Komm, wir gehen.«

»Tracy!«, brüllte Eric.

»Komm, wir gehen.« Tracy ging mit Sam hinaus.

Die Wohnungstür wurde zugeschlagen. Eric und Monica waren allein. Anfangs konnten sie sich nicht bewegen. Sie standen wie versteinert. Etwas Schlimmes war gerade geschehen, etwas Wichtiges, doch genau wie der Blick aus ihrem Wohnzimmerfenster war es einfach zu viel, als dass man alles aufs Mal hätte wahrnehmen können.

Die Erste, die sich wieder regte, war Monica. Sie ging an den Kühlschrank und suchte nach etwas Kaltem, was sie sich an die hämmernden Schläfen drücken konnte.

»Monica? Wo willst du hin?«, rief Eric, der nicht in einer Verfassung war, in der man ihn allein lassen konnte.

Er folgte ihr in die Küche, und was er sah, entsetzte ihn. Die Kühlschranktür stand offen, und

Monica hielt sich eine Aluschale mit tiefgefrorenem persischem Essen an die Stirn. Sie hatte die Augen geschlossen und seufzte vor Erleichterung. »Gott«, stöhnte sie. »Ich glaube, ich breche zusammen. Aber das hier hilft wenigstens.«

»Mona! Siehst du denn nicht, was das ist? Das ist das Essen von diesem Scheißkerl!« Er riss ihr die Schale aus der Hand, als wäre es etwas Hochgefährliches.

»Ist mir egal, was es ist. Hauptsache kalt.«

»Das Zeug kommt uns nicht mehr ins Haus. Nicht in dieses Haus.« Er holte die Aluschälchen aus dem Eisfach, und bald hatte er in der linken Hand einen Stapel, der ihm bis unters Kinn reichte. »Nicht in dieses Haus. Persischer Dreck. Den sollen sie in Kabul fressen. Nicht – in – diesem – Haus.« Die Adern an seinem Hals waren gefährlich geschwollen, als er jetzt durch die Küche stapfte und das Fenster aufriss.

»Nicht, Eric! Du kannst doch nicht …«

»Raus damit!« Mit Tränen in den Augen schleuderte Eric, eine nach der anderen, die schweren Schalen hinaus in die Nacht. Sie drehten sich noch einmal, dann verschwanden sie im Dunkel. »Ab damit!«, schrie er bei jedem Silbergeschoss. »Raus … raus … raus … raus …«

Aus dem dreiundzwanzigsten Stock schossen

die eisigen Meteore hinunter zur unerbittlichen Erde.

»Nicht!«, schrie Monica, die Hände an beide Schläfen gepresst. »Du bringst noch jemanden um!«

»So, die sind weg!«

»Na, ist doch gar nicht so schlecht gelaufen«, sagte Tracy finster.

»Hmmmm. Besser, als man denken konnte.«

Schweigend standen sie da und warteten auf den Aufzug.

»Hast du das gerade gespürt?«, fragte Sam schließlich.

»Was gespürt?«

»Spürst du es jetzt?«

»Was?«

»Dieses ... wie ein kleines Erdbeben.«

Tracy legte den Kopf schief, sämtliche seismischen Sinne geschärft. »Ach, das«, sagte sie. »Das Haus ist immer in Bewegung.«

»Bewegung?«

»Es setzt sich. Das macht Druck.«

»Druck?«

»So heißt das. Das Haus steht unter Druck. Und wenn es sich entspannt, dann kommen diese Erschütterungen.«

»Soll das heißen, es fällt gleich zusammen?«

»Nein, das ist immer so.«

»Oh.«

»Mum—« Sie hielt inne, unterdrückte die Tränen. »Mum versucht, was zu unternehmen. Sie hat schon Dutzende von Briefen geschrieben.«

»Und trotzdem *wohnt* ihr noch hier?«

Sie sah ihn an. »Oh«, sagte sie.

»Was?« Er riss die Augen auf vor Schreck.

»Der Champagner.« Sie hatte keine Gelegenheit gehabt, die Flasche hervorzuholen. Jetzt zog sie sie aus ihrer Handtasche.

»Egal.«

Beide betrachteten die Flasche. »Da«, sagte sie und stellte sie neben der Aufzugstür ab. »Soll jemand anders seinen Spaß damit haben.«

Sie standen da und starrten auf die teure Flasche.

»Das tut mir alles so leid, Sam.«

»Komm«, sagte er. »Lass uns von hier verschwinden, bevor es zu spät ist.« Er nahm sie bei der Hand und zog sie zur Treppe, wo das harte Echo ihrer Schritte – klackklack – klack – klack-klack – ihnen bis nach unten folgte.

STEFAN SLUPETZKY

Gliederreißen

Ludwig litt an einer Krankheit, die so selten war, dass niemand außer ihm sie hatte. Die Symptome seines Leidens waren tatsächlich sonderbar: Wenn Ludwig unruhig wurde, wanderten seine Glieder. Sie bewegten sich nicht langsam fort, wie etwa ein wachsender Milchzahn oder eine Wanderniere. Nein, sie wechselten mit oft unglaublicher Geschwindigkeit ihre Plätze. Wo eben noch Ludwigs Ohr gelauscht hatte, da wuchs mit einem Mal ein Knie aus seiner Schläfe, wo Ludwigs Zunge eine Briefmarke befeuchtet hatte, da ragte plötzlich ein Daumen aus seinem Mund. Es konnte einem leicht passieren, dass man Ludwig die Hand zum Gruße reichte und stattdessen seinen Fuß ergriff. Ludwig, oder das, was gerade von ihm zu sehen war, pflegte dann, stotternd und errötend, um Entschuldigung zu bitten. Seine Körperteile wanderten dabei in atemberaubendem Tempo, denn sie taten es umso rascher, je nervöser Ludwig war. Ludwig war meistens nervös.

Es verstand sich von selbst, dass Ludwig sehr

zurückgezogen lebte. Nur einmal nötigte man ihn dazu, am Hochzeitsessen eines Freundes teilzunehmen. Es war ein kurzer Auftritt. Die Gäste wurden eben mit Bouillon gelabt, als eine Kinderstimme durch den Festsaal schallte: »Mami, was hat der Mann da?«

Alle Blicke waren plötzlich auf Ludwig gerichtet, stumm und entgeistert, dann hob ein Kreischen an, Gläser zerbarsten, kleinen Mädchen wurden die Augen zugehalten, und Ludwig selbst starrte schreckensbleich auf seinen Teller. Was sich da in der Suppe spiegelte, war seine Nase nicht.

Seit jenem denkwürdigen Tag mied Ludwig größere Gesellschaften. Er verbrachte die Zeit mit dem Sammeln von Roger-Staub-Mützen und verließ das Haus nur noch, um, vermummt wie Valentino in der Wüste, die Ärzte der Stadt zu besuchen.

Bei Hunderten von Ärzten war Ludwig schon gewesen, bei alten und noch älteren, berühmten und noch berühmteren, bei solchen mit langen und solchen mit noch längeren Bärten. Er hatte ihnen seine Leiden geschildert, ein ums andere Mal, und sie hatten sich über ihn gebeugt, stirnrunzelnd und kopfschüttelnd, und keiner, kein einziger hatte Rat gewusst.

Nicht nur, dass er gesellschaftlich geächtet war, nun stieß ihn also auch die Fachwelt zurück.

Tief verzweifelt beschloss Ludwig, einen Psychiater zu konsultieren. Natürlich den besten, berühmtesten, ältesten, längstbärtigen Seelendoktor des Landes, nämlich Professor Petöfi, der überdies die dicksten Brillen von allen trug.

»Kommen Sie herein, Herr«, drang des Professors Stimme aus dem dunkel getäfelten Herrenzimmer, »und machen Sie Platz!«

Ludwig trat ein und steuerte, ein wenig irritiert, auf die schwere Ledercouch zu.

»No was! Bin ich Freud? Nix da schlafen! Kommen Sie und setzen Sie auf Fauteuil! Aufrecht sei der Mann!«

Ludwig schlich verschüchtert näher und versank in einem der Sessel vor Professor Petöfis gewaltigem Schreibtisch.

»No, brav is er ja! Was fehlt ihm? Oder hat er was zu viel?«

Ludwig schwieg. Sein Körper sprach für sich. Er spürte, wie das Blut durch seine Adern wallte, wie sich die Wangen blähten, um nach und nach den Umriss seines Hinterns anzunehmen. Dann saß er da, das leibhaftige Arschgesicht.

Professor Petöfi stutzte. Er rückte sein Brillengestell zurecht und beugte sich vor. »Ah ja, hm, interessant …«, murmelte er. »Was man hat, hat man. Können wir noch mehr so Tricks, mein Allerwertester?«

Ludwig konnte. Wie von Geisterhand verzaubert, wichen die prallen Backen aus seinem Gesicht. Dafür thronte nun Ludwigs rechte Hand gleich einem Hahnenkamm auf seinem Scheitel.

»Erstaunlich!«, gluckste Professor Petöfi, »Sie entschuldigen, kleines Moment nur!« Er erhob sich und wackelte eilig zur Tür. Dann war es Ludwig, als hörte er einen aufgeregten Wortwechsel, der wiederholt von schallendem Gelächter unterbrochen wurde. Nicht lange allerdings, und der Professor kam zurück.

»So, ist genug für jetzt. Alles wird gut sein, mein Freund. Sie sind für Abendessen eingeladen. Heute. Es kommen Kapazitäten.«

Ludwig war zu verschüchtert, um die Einladung abzulehnen. Er ahnte zwar, dass er den Gästen des Professors zur Erheiterung dienen sollte, als eine Art Hofnarr, dessen burleske Metamorphosen einen Rahmen für die kulinarischen Genüsse des Abends bilden würden. Aber Ludwig ahnte nicht alles.

Folgsam fand er sich zur vereinbarten Stunde vor der Wohnung des Professors ein.

Noch bevor er klingeln konnte, öffnete Professor Petöfi und gab Ludwig ein Zeichen zu schweigen. Dann zog er ihn durch eine kleine Tür in sein Arbeitszimmer.

»Setzen Sie, regen Sie nicht auf, ich muss beichten!«

Der Professor wirkte erregt. Auf seiner Nase glitzerten Schweißtröpfchen.

»Ich habe ein Tochter«, begann er jetzt, »reizendes Kind, Rosa heißt. Aber, no, was soll ich sagen, es hat sich große Not. Immer ist stumm das Kind, immer ist traurig, war schon ein Baby ernstes. Nie ist froh gewesen, nie hat geredet, nie hat gelacht, stellen Sie vor, zwanzig Jahre, bis heute nie! Frau Petöfi fleht schon bei alle Götter in Himmel, sagt immer, Istvan, sagt, Istvan, mach gesund das Kind, ich bin müde schon von Leben. Was bist du nur für Doktor, der nicht einmal kann heilen das eigen Blut!« Der Professor schüttelte den Kopf und rang die Hände.

»Und dann kommen Sie spaziert. Und mir zerreißt fast vor Gelache, was für Theater! Ich mein nicht böse, glauben Sie, es ist sich Segen, großer Segen! Seien Sie mir lieb, setzen Sie, essen Sie, trinken Sie und zeigen Sie lustige Tricks. Machen Sie lachen mein Kind. Helfen Sie Rosa! Wenn Sie nicht können, wer soll sonst?« Professor Petöfi verstummte und blickte Ludwig flehend an.

Kurze Zeit später stand Ludwig wieder vor der Wohnungstür, denn diesmal musste er die Klingel drücken. Nach einer Weile öffnete die Frau des Professors und begrüßte ihn herzlich. In ihren verhärmten Augen leuchtete ein Hoffnungsfunke.

Nun lief auch Professor Petöfi hurtig herbei, gerade so, als hätte er Ludwig wochenlang nicht gesehen. »No bitte, is er ja schon da!«, rief er fröhlich. Er nahm Ludwig Hut und Mantel ab und geleitete den Gast zum Speisezimmer.

Sie waren schon da, die Kapazitäten, sieben langbärtige alte Herren saßen um den gedeckten Tisch, und der flackernde Kerzenschein spiegelte sich in ihren hohen Stirnen. Man wies Ludwig einen Platz zu und hob die portweingefüllten Gläser, während die Dienstmagd die Suppe auftrug.

Bouillon, dachte Ludwig, ausgerechnet Bouillon… Er wurde ein wenig unruhig.

»Wo ist euer Kind?«, fragte da eine der Kapazitäten.

»No genau, wo bleibt Rosa?«, rief Professor Petöfi.

Dabei schien er Ludwig zuzuzwinkern.

Und dann öffnete sich eine Tür, und Rosa trat ein. Rosa. Duftender Morgentau. Leuchtende Schneeflocke. Klingender Abendstern. Rosa.

Ludwig war wie vom Blitz getroffen. Nie hatte er Schöneres gesehen. Er vergaß zu atmen, zu denken, er vergaß sogar nervös zu sein. Dann saß auch Rosa an der Tafel, Ludwig gegenüber, und ihr schmales Elfenbeingesicht schimmerte, als wäre es durchsichtig.

»Soll nix anbrennen, soll nix kalt werden! Lasst euch schmecken dem Supperl! Wird man sehen, was hat die Köchin für Tricks auf dem Lager!« Professor Petöfi nickte Ludwig ermunternd zu: »Nicht wahr, Tricks, Sie verstehen?«

In diesem Augenblick erinnerte sich Ludwig wieder, wo er war. Schwer lasteten plötzlich die Blicke auf ihm, neugierig die der Kapazitäten, bang und erwartungsvoll jene Professor Petöfis und seiner Frau. Ludwig fühlte, wie es in seiner Mitte zu sieden begann, wie es pumpte und kochte in seiner Brust, und dann überrollte ihn ein Anfall von nie da gewesener Wucht.

Von den Ahs und Ohs der Kapazitäten begleitet, glich Ludwig bald schon einem brodelnden Vulkan, seine Haut zerbarst in wildem Chaos, nichts war mehr da, wo es gerade noch gewesen war, Ohren und Nase und Beine und Arme vollführten einen rasenden Tanz, selbst Ludwigs innere Organe tobten ungezügelt durch seinen Körper, und etwas nur blieb ruhig an seinem Platz, das waren Ludwigs Augen. Die ruhten tief in den großen schwarzen Augen Rosas. Und plötzlich vernahm Ludwig eine Stimme, so leise, dass niemand sonst sie hören konnte.

»Sei ganz ruhig«, sagte die Stimme, »und hol das

Herz aus deiner Hose, ich kann es sonst nicht öffnen …«

Rosa hatte keinen Laut von sich gegeben. Ludwig bemerkte erst nach einer Weile, dass er selbst gesprochen hatte, mit Rosas Mund, denn ihre vollen Lippen erblühten nun auf seinem eigenen Gesicht. Und dann spürte Ludwig, wie ihre pochenden Herzen die Plätze tauschten, und gegenüber, auf Rosas Antlitz, erkannte er die Konturen seines eigenen Mundes.

Und Rosa lächelte.

MARIANA LEKY

Die Liebe des Optikers

Die Wahrheit, die am Vormittag nach Selmas Traum auf den letzten Drücker aus dem Optiker herausrücken wollte, war keine objektiv schreckliche Wahrheit. Der Optiker hatte keine Affäre (es gab auch niemanden, mit dem er eine Affäre hätte haben wollen), er hatte nie jemanden bestohlen und außer sich selbst auch niemanden nachhaltig belogen.

Die verschwiegene Wahrheit des Optikers war, dass er Selma liebte, und zwar seit Jahrzehnten. Manchmal versuchte er, das nicht nur vor allen anderen, sondern auch vor sich selber zu verstecken. Aber sehr zeitnah tauchte dann die Liebe zu Selma wieder auf; sehr zeitnah wusste der Optiker wieder ganz genau, wo er die Liebe zu Selma versteckt hatte.

Der Optiker war fast jeden Tag da, von Anfang an. Er war aus meiner Sicht fast so steinalt wie Selma, und also hatte auch er die Welt mit erfunden.

Als Martin und ich in den Kindergarten gekommen waren, hatten Selma und der Optiker uns die Schleife beigebracht, zu viert hatten wir auf den

Stufen vor unserem Haus gesessen, und Selma und der Optiker hatten sich beim Beibringen die Rücken verknackst, weil sie sich so lange zu unseren Kinderschuhen hinuntergebeugt und immer wieder in Zeitlupe die Schleife vorgemacht hatten, Selma mit meinen, der Optiker mit Martins Schnürsenkeln.

Auch das Schwimmen hatten Selma und der Optiker uns beigebracht, sie hatten im Nichtschwimmerbecken gestanden, beide bis zum Bauchnabel im Wasser, Selma trug eine große violette Rüschen-Badehaube, die aussah wie eine Hortensie und die sie sich von Elsbeth geliehen hatte, damit Rudi Carrells Frisur nichts geschah. Ich lag mit dem Bauch auf Selmas Händen, Martin auf den Händen des Optikers. »Wir lassen nicht los«, sagten Selma und der Optiker, und irgendwann: »Wir lassen jetzt los«, und Martin und ich schwammen, erst zappelig und mit vor Panik und Stolz weit aufgerissenen Augen, dann immer sicherer. Selma fiel dem Optiker jubelnd in die Arme, und dem Optiker traten die Tränen in die Augen.

»Das ist nur eine allergische Reaktion«, sagte er.

»Gegen was?«, fragte Selma.

»Gegen diesen einen bestimmten Stoff in Badehaubenrüschen«, behauptete der Optiker.

Selma und der Optiker hatten uns das Fahrradfahren beigebracht, der Optiker hielt Martins Gepäckträger fest, Selma meinen. »Wir lassen nicht los«, sagten sie, und irgendwann: »Wir lassen jetzt los«, und Martin und ich fuhren, erst wackelig und dann immer sicherer. Selma fiel dem Optiker jubelnd in die Arme, und dem Optiker traten die Tränen in die Augen.

»Das ist nur eine allergische Reaktion«, sagte er.

»Gegen was?«, fragte Selma

»Gegen diesen einen bestimmten Stoff in Fahrradsitzen«, behauptete der Optiker.

Der Optiker und Selma hatten Martin und mir vor dem Bahnhof in der Kreisstadt die Uhr erklärt. Alle vier sahen wir zu dem großen, runden Zifferblatt hoch, Selma und der Optiker deuteten auf Zahlen und Zeiger wie auf Sternbilder. Als wir die Uhr verstanden hatten, erklärte der Optiker die Zeitverschiebung gleich hinterher; er bestand darauf, als habe er schon damals gewusst, wie sehr und wie oft sich die Zeit für mich noch verschieben würde.

Der Optiker hatte mir im Eiscafé in der Kreisstadt das Lesen beigebracht, zusammen mit Selma und Martin, der das schon konnte. Der neue Eigentümer des Cafés, Alberto, hatte seinen Eisbechern sehr leidenschaftliche Namen gegeben, und vielleicht war das Eiscafé nicht gut besucht, weil die Leute im Westerwald lieber »drei Bällchen gemischt« bestellten als Flammende Versuchung oder Heißes Verlangen. »Eisbecher Heimliche Liebe« war das Erste, was ich lesen konnte. Wenig später las ich die Horoskope auf den Zuckertütchen vor, die Selmas Kaffee beilagen, ich las sie erst stockend und dann immer flüssiger. »Löwe«, las ich, »mutig, stolz, offen, eitel, kontrollwütig.« Der Zeigefinger des Optikers fuhr in meinem Vorlesetempo unter den Wörtern entlang, sehr langsam bei »kontrollwütig«, und als ich mein erstes Zuckertütchen flüssig vorgelesen hatte, bekam ich zur Belohnung eine kleine Heimliche Liebe mit Sahne.

Der Optiker nahm immer die mittlere Heimliche Liebe ohne Sahne. »Die große Heimliche Liebe schaffe ich nicht«, sagte er und sah Selma aus den Augenwinkeln an, Selma aber hatte keinen Sinn für Metaphern, auch wenn sie direkt vor ihrer Nase auf einem Eiscafétisch standen, mit Schirmchen.

Der Optiker war dabei, als Martin und ich vor Kurzem eine Popmusiksendung im Radio entdeckt hatten und von da an nichts anderes mehr hören wollten. Wir baten den Optiker, uns die Texte der Lieder zu übersetzen, obwohl wir sie auch auf Deutsch nicht verstanden. Wir waren zehn und wussten nicht, was im Eiscafé und im Radio mit brennendem Verlangen und heißem Schmerz gemeint war.

Wir beugten uns nahe an das Radio heran. Der

Optiker war hoch konzentriert, das Radio war alt und rauschte, und die Sänger sangen sehr schnell.

»Billie Jean ist nicht meine Geliebte«, übersetzte der Optiker.

»Billie klingt eher nach einem Mann«, sagte Selma.

»Billie Jean ist auch nicht mein Geliebter«, sagte der Optiker entrüstet.

»Leise«, riefen Martin und ich.

»Was für ein Gefühl«, übersetzte der Optiker, »nimm deine Passion und lass es geschehen.«

»Vielleicht eher: deine Leidenschaft?«, fragte Selma.

»Richtig«, sagte der Optiker. Weil er wegen seiner Bandscheiben nicht so lange sitzen konnte, legten wir uns mit dem Radio und einer Decke auf den Boden.

»Hebe uns hoch, wo wir hingehören«, übersetzte der Optiker, »auf einen hohen Berg, wo die Adler weinen.«

»Vielleicht eher: schreien?«, fragte Selma

»Das ist gehupft wie gesprungen«, sagte der Optiker.

»Leise!«, riefen wir, und dann kam mein Vater und sagte, dass es langsam Zeit zum Schlafengehen sei. »Noch ein letztes Lied, bitte«, sagte ich. Mein Vater lehnte sich in den Türrahmen.

»Worte kommen nicht leicht zu mir«, übersetzte

der Optiker, »wie kann ich einen Weg finden, der dich sehen lässt, dass ich dich liebe.«

»Den Eindruck hat man gar nicht«, fand Selma, »dass Worte nicht leicht zu ihm kommen«, und mein Vater seufzte und sagte: »Ihr müsst dringend mal ein bisschen mehr Welt hereinlassen.«

Der Optiker nahm seine Brille ab und drehte sich zu meinem Vater um. »Das tun wir doch gerade«, sagte er.

Jetzt, nachdem der Optiker von Selmas Traum erfahren und allen gesagt hatte, dass er kein bisschen daran glaube, zog er seinen guten Anzug an, der mit den Jahren immer größer wurde, nahm einen Stapel angefangener Briefe vom Tisch, der ebenfalls mit den Jahren immer größer wurde, und packte ihn in seine große Ledertasche.

Er ging los zu Selmas Haus, er hätte den Weg auch blind oder rückwärts laufen können, er ging ihn seit Jahrzehnten beinahe täglich, allerdings ohne den guten Anzug, ohne den Stapel angefangener Briefe, aber immer mit der verschwiegenen Liebe im Leib, die jetzt auf den vielleicht letzten Drücker an die Luft wollte.

Während er mit großen Schritten zu Selmas Haus ging, schlug sein Herz laut gegen den Brustkorb, es schlug im Einklang mit der verschwiegenen

Wahrheit, und die Ledertasche schlug bei jedem Schritt gegen seine Hüfte, die Ledertasche voller

Liebe Selma, es gibt da etwas, das ich dir schon seit Jahren

Liebe Selma, es ist, nach all den Jahren unserer Freundschaft, bestimmt ~~falsch komisch seltsam bemerkenswert unerwartet überraschend~~ falsch

Liebe Selma, anlässlich der Hochzeit von Inge und Dieter möchte ich dir endlich einmal

Liebe Selma, du wirst lachen, aber

Liebe Selma, dein Apfelkuchen war mal wieder unübertrefflich. Apropos unübertrefflich. Du bist

Liebe Selma, eben haben wir noch bei einem Glas Wein zusammengesessen, und du sagtest zu Recht, dass der Mond ja heute besonders voll und schön sei. Apropos ~~voll und~~ schön

Liebe Selma, mir geht das mit Karls Erkrankung sehr nahe, auch wenn ich das vorhin

nicht so zum Ausdruck bringen konnte. Es macht einem deutlich, wie begrenzt ~~das Leben hienieden unser Dasein~~ alles ist, und deshalb möchte ich dir dringend

Liebe Selma, du hast vorhin gefragt, warum ich so still bin, und die Wahrheit ist

Liebe Selma, nun ist ja Weihnachten, ganz ohne Schnee, also so, wie du es gar nicht magst. Apropos mögen

Liebe Selma, anlässlich der Scheidung von Inge und Dieter

Liebe Selma, anlässlich des Festes der Liebe

Liebe Selma, anlässlich von Karls Beerdigung

Liebe Selma, ganz ohne Anlass

Liebst

Liebe Selma, im Gegensatz zu dir bin ich mir ganz sicher, dass wir bei »Unser Dorf soll schöner werden« gewinnen werden. Allein wegen deiner Schönheit ist uns der erste Platz

Liebe Selma, es ist völlig klar, dass wir bei »Unser Dorf soll schöner werden« nicht gewinnen konnten. Unser Dorf muss nicht schöner werden. Es ist bereits vollkommen schön, weil du

Liebe Selma, schon wieder Weihnachten. Ich sitze hier und schaue hinaus in den Schnee und frage mich, wann er schmelzen wird. Apropos schmelzen

Liebe Selma, Weihnachten ist ja die Zeit der Geschenke. Apropos Geschenke. Was ich dir schon längst zu Füßen

Liebe Selma, mal was ganz anderes

Liebe Selma, übrigens, was ich dir immer schon mal

Liebe Selma, schon wieder Weihnachten

Liebe Selma ~~VERDAMMT~~

Liebe Selma, als wir vorhin mit Luise und Martin im Schwimmbad waren, glänzte das Blau des Wassers in der Sonne ~~wie das Blau deiner Au~~

Liebe Selma, danke für den Tipp wegen der Maulwurfshügel. Apropos Hügel. Beziehungsweise Berg. Ich kann nicht länger hinter dem Berg halten mit

Liebe Selma, apropos Liebe

Der Optiker eilte die Straße hinunter zu Selmas Haus, er sah nicht nach rechts oder links zu den paar Häusern, die da standen, in denen alle wahrscheinlich damit beschäftigt waren, ihre Herzen, ihren Verstand und ihre Nächsten zu beäugen, mit Wahrheiten herauszurücken oder diese Wahrheiten in Empfang zu nehmen. Wahrheiten, die sich vielleicht, sobald sie ans Licht kamen, als gar nicht so grausig erwiesen, Wahrheiten, die vielleicht aber auch ganz genauso schrecklich waren wie erwartet und bei denen den, der sie in Empfang nehmen musste, sofort der Schlag traf, und dann hätte Selmas Traum seinen Dienst getan.

Kurz dachte der Optiker über Wahrheiten nach, bei denen jemand der Schlag treffen könnte. Er fand, dass sie alle klangen wie Sätze aus der amerikanischen Vorabendserie, die Selma immer schaute. Im Gegensatz zu Selma fieberte der Optiker bei der Vorabendserie kein bisschen mit, aber bei Selmas Profil, da fieberte er mit, und die Vorabendserie gab ihm Gelegenheit, vierzig Minuten lang aus den Augenwinkeln Selmas Profil zu bestaunen, während Selma ihre Serie bestaunte. Wahrheiten, bei denen einen der Schlag treffen konnte, klangen wie die Sätze, die ganz am Ende der Serie gesagt werden, bevor die Titelmelodie ertönt und Selma eine Woche lang auf die Fortsetzung warten musste, Sätze wie »Ich habe dich nie geliebt« oder »Matthew ist nicht dein Sohn« oder »Wir sind bankrott«.

Der Optiker hätte nicht darüber nachdenken sollen, denn jetzt bekam er die Titelmelodie der Vorabendserie nicht mehr aus dem Kopf, eine für ein Liebesgeständnis vollkommen unangemessene Melodie, und schon wurde de Optiker auf seinem Weg von seinen inneren Stimmen angerempelt.

Der Optiker hatte in sich eine ganze Wohngemeinschaft voller Stimmen. Es waren die schlimmsten Mitbewohner, die man sich vorstellen konnte. Sie waren immer zu laut, vor allem nach zweiundzwanzig Uhr, sie verwüsteten die Inneneinrichtung des Optikers, sie waren viele, sie zahlten nie, sie waren unkündbar.

Die inneren Stimmen plädierten seit Jahren dafür, die Liebe zu Selma zu verbergen. Auch jetzt, auf dem Weg zu Selma, waren die Stimmen natürlich unbedingt dafür, die Wahrheit über die Liebe zurückzuhalten, jetzt, wo man im Zurückhalten doch so versiert, wo man jahrzehntelang so gut mit der Zurückhaltung gefahren sei. Es sei zwar ohne das Liebesgeständnis nichts sonderlich Schönes passiert, sagten die Stimmen, aber auch nichts sonderlich Schlimmes, und darauf komme es schließlich an.

Der Optiker, der sich sonst immer gewählt ausdrückte, blieb kurz stehen, hob den Kopf und sagte laut: »Klappe halten!«, denn er wusste, dass man sich mit inneren Stimmen auf keine Diskussion einlassen durfte, er wusste, dass die Stimmen äußerst geschwätzig werden konnten, wenn man sie nicht sofort anherrschte.

Und dann, wenn die Wahrheit heraus wäre, fuhren die unbeeindruckten Stimmen fort, würde vielleicht doch etwas Schlimmes passieren. Vielleicht, zischelten die Stimmen, fände Selma die Wahrheit, also diese korpulente, seit Jahren verschnürte Liebe des Optikers ganz besonders bedrohlich oder unansehnlich. Und wenn der Optiker tatsächlich heute stürbe, wenn er gemeint war mit Selmas Traum, dann wäre das Letzte, was Selma von ihm bekommen hätte, etwas so Unappetitliches wie seine seit Jahren nie gelüftete Liebe.

Der Optiker machte einen torkelnden Schritt nach rechts. Das tat er manchmal, er sah dann sekundenlang betrunken aus. Selma hatte ihn letztes Jahr überredet, sich wegen dieses plötzlichen Torkelns untersuchen zu lassen. Der Optiker war mit Selma in die Kreisstadt gefahren, ein Neurologe hatte den Optiker untersucht und nichts gefunden, weil innere Stimmen natürlich auch für Untersuchungsapparate unsichtbar sind. Der Optiker war nur zum Neurologen gefahren, damit Selma Ruhe gab, er hatte im Vorhinein gewusst, dass man nichts finden würde; der Optiker wusste, dass er torkelte, weil die inneren Stimmen ihn anrempelten.

»Klappe halten«, sagte der Optiker noch einmal lauter und ging schneller, »Selma findet nur sehr selten etwas bedrohlich oder unansehnlich.«

Damit hatte er völlig recht, und damit hatte er leider mehr gesagt, als er den Stimmen eigentlich hätte antworten sollen.

Aber die Liebe fände sie womöglich ausgerechnet doch unansehnlich, zischelten die Stimmen, es habe ja einen Grund, sagten sie, dass die Wahrheit so lange verborgen wurde.

»Feigheit war das«, sagte der Optiker und schob die Ledertasche auf die andere Hüfte, weil das Rempeln der Tasche und das Rempeln der Stimmen langsam begannen wehzutun.

»Besonnenheit war das«, sagten die Stimmen, »Angst ist ja manchmal doch ein guter Ratgeber«, sagten sie und summten die Titelmelodie der Vorabendserie.

Der Optiker wurde jetzt langsamer. Der Weg zu Selmas Haus, der eigentlich zehn Minuten dauerte, kam ihm plötzlich vor wie eine Tagesreise, eine Tagesreise mit sehr, sehr viel Gepäck.

Er ging an weiteren Häusern vorbei, Häusern voller verschwiegener Wahrheiten, die ans Licht wollten, und er fuhr jetzt alles auf, was er je an Sinnsprüchen über Mut gelesen hatte. Das war eine Menge. Immer, wenn er mit Selma in die Kreisstadt fuhr, weil Selma ihren Wochenendeinkauf erledigen wollte, wartete der Optiker vor einem abgelegenen Geschenkideengeschäft auf sie, denn dort konnte man gut heimlich rauchen, dort wurde man von Selma bestimmt nicht erwischt, nirgends war man vor ihr so sicher wie vor einem Geschenkideengeschäft.

Während Selma einkaufte, hatte der Optiker mittlerweile den ganzen immerhin 96-fächrigen Postkartenständer vor dem Geschenkideengeschäft gelesen und vollgequalmt. Auf jeder Postkarte war eine Landschaft abgebildet, die mit der Kreisstadt nicht das Geringste zu tun hatte, nämlich eine mit Meer, Wasserfall oder Wüste, und dazu jeweils ein Sinnspruch, der mit dem Optiker nicht das Geringste zu tun hatte. Jetzt, da er merkte, dass die Stimmen immer kraftvoller und er immer kraftloser wurde, sagte er sich die Sprüche auf, laut und schon kurz vor Selmas Haus.

»Mut tut gut«, sagte er.

»Das wüssten wir aber«, sagten die Stimmen.

»Am Mute hängt der Erfolg«, sagte der Optiker.

»Mute, Mute, Schnute«, sagten die Stimmen.

»Lieber auf neuen Wegen stolpern als auf alten Wegen auf der Stelle treten«, sagte der Optiker.

»Lieber auf alten Wegen auf der Stelle treten als auf neuen stolpern, unglücklich fallen und sich mehrere irreparable Wirbelbrüche zuziehen«, sagten die Stimmen.

»Heute ist der erste Tag vom Rest deines Lebens«, sagte der Optiker.

»Bisschen kurzer Rest«, sagten die Stimmen, »irgendwie lohnt das jetzt auch nicht mehr.«

»Wer die besten Früchte ernten will, muss auf den Baum steigen«, sagte der Optiker, und die Stimmen antworteten: »Und dann fällt der Baum um, genau in dem Moment, wo er einen morschen Optiker in der Krone hat.«

Der Optiker ging jetzt sehr langsam. Die Tasche schlug nicht mehr gegen die Hüfte, das Herz nicht mehr gegen den Brustkorb. Die Stimmen summten die Melodie der Vorabendserie, sie säuselten: »Wir sind bankrott« und »Matthew ist nicht dein Sohn«.

»Klappe halten«, sagte der Optiker, »bitte.«

Selma saß vor ihrem Haus und sah den Optiker den Hang hochkommen. Sie stand auf und ging ihm entgegen. Auch der Hund, der zu Selmas Füßen gesessen hatte, erhob sich und ging mit, der junge Hund, dem man bereits ansah, dass er eines Tages riesig sein würde, so groß, dass der Optiker sich schon jetzt fragte, ob es sich überhaupt um einen Hund handelte, ob es nicht eher eine riesige, noch unentdeckte Art Landsäugetier war.

»Was murmelst du denn da?«, fragte Selma.

»Ich habe was gesungen«, sagte der Optiker.

»Du bist blass«, sagte Selma, »mach dir keine Sorgen. Dich trifft's bestimmt nicht«, obwohl sie natürlich keine Ahnung hatte, wen es treffen würde.

»Schicker Anzug«, sagte Selma. »Allerdings wird er auch nicht jünger. Was hast du denn gesungen?«

Der Optiker schob seine Tasche auf die andere Hüfte und sagte: »Wir sind bankrott.«

Selma legte den Kopf schief, kniff die Augen zusammen und sah in das Gesicht des Optikers wie ein Hautarzt, der einen besonders eigentümlichen Leberfleck betrachtet.

Es war jetzt still im Optiker. Die inneren Stimmen schwiegen, sie schwiegen in der Gewissheit, dass jetzt nichts mehr schiefgehen konnte.

Es war still im Optiker bis auf einen Satz. Es war ein Satz, der sich in seinem Inneren ausbreitete wie vergossene Farbe, ein Satz, der mit so viel Kraft so viel Kraftlosigkeit verbreitete, dass dem Optiker war, als schwänden all seine Muskeln im Leib, als würden sämtliche Haare auf seinem Kopf, die noch nicht grau waren, das jetzt unverzüglich nachholen, als müssten die Blätter an den Bäumen, die um Selma und ihn herumstanden, unverzüglich welken und die Bäume selbst einknicken vor lauter Müdigkeit wegen des Satzes, der sich im Optiker ausbreitete, als müssten die Vögel aus dem Himmel fallen, weil der Satz eine plötzliche Flügellähmung auslöste, als müssten den Kühen auf der Weide die Beine schwach werden und als würde der Hund, der neben Selma stand und ein Hund war, was sollte er denn auch sonst sein, einfach durch die drei Worte im Optiker unverzüglich eingeschläfert werden, alles welkt, dachte der Optiker, alles verschrumpelt und fällt um und herunter und knickt ein durch den Satz: »Lieber doch nicht.«

IAN McEWAN

Der kleine Tod

Ich mache mir nichts aus posierenden Frauen. Aber sie stach mir ins Auge. Ich musste stehen bleiben und sie anschauen. Die Beine waren weit gespreizt, der rechte Fuß kess vorgestellt, den linken zog sie mit einstudierter Lässigkeit nach. Die rechte Hand, die sie vorgestreckt hielt, berührte beinahe das Fenster, die Finger schossen empor wie schöne Blumen. Die linke Hand hatte sie ein wenig hinter sich gestreckt und schien damit übermütige Schoßhündchen niederzuhalten. Den Kopf in den Nacken geworfen, ein dünnes Lächeln, vor Langeweile oder Vergnügen halbgeschlossene Augen. Ich vermochte es nicht zu sagen. Sehr künstlich das Ganze, doch andererseits bin ich auch kein einfacher Mann. Sie war eine schöne Frau. Ich sah sie fast jeden Tag, bisweilen zwei- oder dreimal. Und je nachdem nahm sie andere Posen ein, ganz nach Lust und Laune. Manchmal gestattete ich mir im Vorübereilen (ich bin ein Mann in Eile) einen flüchtigen Blick, und sie schien mich zu sich zu winken, mich aus der Kälte willkommen zu heißen. Ich entsinne mich anderer

Tage, wo ich sie in jener müden, niedergeschlagenen Passivität antraf, die Dummköpfe mit Weiblichkeit verwechseln.

Ich begann, auf ihre Kleider zu achten. Sie war eine modische Frau, natürlich. Das war gewissermaßen ihr Job. Doch sie besaß nichts von der geschlechtslosen, zimtzickigen Steifheit dieser leblosen Kleiderbügel, die in muffigen Salons bei scheußlicher Muzakberieselung *haute couture* vorführen. Nein, sie hatte wirklich Klasse. Sie existierte nicht bloß, um einen Stil, eine Tagesmode zu präsentieren. Darüber war sie erhaben, darüber war sie hinaus. Ihre Kleider waren für ihre Schönheit peripher. Sie hätte in alten Papiertüten gutangezogen gewirkt. Sie gab nichts auf ihre Kleider, sie tauschte sie täglich gegen andere. Ihre Schönheit leuchtete durch diese Kleider hindurch … und doch waren es schöne Kleider. Es war Herbst. Sie trug Capes in dunklem Rostbraun oder wirbelnde Bauernröcke in Orange und Grün oder rauhe Hosenanzüge in gebranntem Ocker. Es war Frühling. Sie trug Baumwollröcke in der Farbe der Passionsblume, weiße Kalikohemden oder verschwenderische Kleider in Hellgrün und Blau. Ja, ich achtete auf ihre Kleider, denn sie verstand sich, wie sonst nur die großen Porträtmaler des achtzehnten Jahrhunderts, auf die üppigen Möglichkeiten des Stoffs, die Subtilitäten der Falten, die Nuance von Knitter und Saum. Ihr Körper passte sich mit seinen fließenden Posenwechseln den einmaligen Forderungen jeder Kreation an; mit atemberaubender Grazie setzten die Linien ihres vollkommenen Körpers einen zarten Kontrapunkt zu den wechselvollen Arabesken der Schneiderkunst.

Doch ich verplaudere mich. Ich langweile Sie mit Lyrismen. Die Tage kamen und gingen. Ich sah sie diesen Tag und jenen nicht und anderentags vielleicht zweimal. Unmerklich wurde das Sie-Sehen und Nicht-Sehen ein Faktor in meinem Leben, und ehe ich mich versah, gab dieser Faktor meinen Tagen ihre Struktur. Würde ich sie heute sehen? Würden sich all die Stunden und Minuten auszahlen? Würde sie mich ansehen? Erinnerte sie sich vom einen zum anderen Mal an mich? Gab es eine gemeinsame Zukunft für uns … würde ich je den Mut auf bringen, mich ihr zu nähern? Mut! Was bedeuteten jetzt meine ganzen Millionen, was jetzt meine in den Verheerungen dreier Ehen gewonnene Weisheit? Ich liebte sie… ich wollte sie besitzen. Und um sie zu besitzen, würde ich sie wohl oder übel kaufen müssen.

Ich muss Ihnen etwas über mich erzählen. Ich bin vermögend. In London sind vielleicht zehn Männer ansässig, die mehr Geld haben als ich. Vielleicht sind es auch nur fünf oder sechs. Wen schert das schon? Ich bin reich, und ich habe mein Geld am Telefon verdient. Am ersten Weihnachtsfeiertag werde ich fünfundvierzig Jahre alt sein. Ich bin dreimal verheiratet gewesen, die Ehen dauerten, in chronologischer Reihenfolge, jeweils acht, fünf und zwei Jahre. Die letzten drei Jahre bin ich nicht verheiratet gewesen und war trotzdem nicht faul. Ein Vierundvierzigjähriger hat keine Zeit zu verlieren. Ich bin ein Mann in Eile. Jeder Schuss Pulver aus den Samenbläschen, oder wo immer er sonst herkommen mag, verringert die mir bemessene Gesamtration um eins. Ich habe keine Zeit für die Psychoanalyse, für die Ichsuche in wahnsinnigen Beziehungskisten, für unausgesprochene Anklagen, stumme Verteidigung. Ich will nicht mit Frauen zusammen sein, die nach dem Verkehr den Drang zu reden verspüren. Ich möchte mit klarem Geist still und in Frieden daliegen. Dann möchte ich Schuhe und Strümpfe anziehen, mir das Haar kämmen und an meine Arbeit gehen. Ich bevorzuge schweigsame Frauen, die während ihrer Lust Gleichgültigkeit zur Schau stellen. Den ganzen Tag über umgeben mich Stimmen, am Telefon, beim Lunch, bei Geschäftsbesprechungen. Ich will keine Stimmen in meinem Bett. Ich bin kein einfacher Mann, ich wiederhole es, und dies ist keine einfache Welt. Doch zumindest in dieser Hinsicht sind meine Bedürfnisse einfach, vielleicht sogar schlicht. Meine Präferenz gilt dem von Seelengewinsel und -geplapper ungetrübten Vergnügen.

Oder vielmehr galt sie dem, denn das war lange bevor… bevor ich sie liebte, bevor ich die widerwärtige Hochstimmung völliger Selbstaufgabe für eine sinnlose Sache kannte. Was brauchte ich, der ich am ersten Weihnachtsfeiertag fünfundvierzig werde, noch einen Sinn? Die meisten Tage ging ich an ihrem Laden vorbei und schaute kurz zu ihr hinein. Ach, diese ersten Tage, wo ein flüchtiger Blick genügte und ich weitereilte, um diesen Geschäftsfreund oder jene Geliebte zu treffen … Ich kann keinen Zeitpunkt angeben, ab dem ich wusste, dass ich verliebt war. Ich habe beschrieben, wie aus einem Faktor in meinem Leben eine Struktur wurde, der Übergang vollzog sich wie der von Orange zu Rot im Regenbogen. Einst war ich ein Mann, der an einem Schaufenster vorbeieilte und unbekümmert hineinblickte. Dann war ich ein Mann, der verliebt war in … schlicht, ich war ein verliebter Mann. Es geschah über viele Monate hinweg. Ich begann, vor dem Fenster herumzutrödeln. Die anderen … die anderen Frauen in der Schaufensterauslage bedeuteten mir nichts. Egal wo meine Helen stand, ich erkannte sie auf einen Blick. Die anderen waren bloße

Attrappen (o meine Liebe), nicht einmal der Verachtung wert. Die geballte Ladung ihrer Schönheit erweckte sie zum Leben. Der delikate Schwung ihrer Augenbrauen, die vollkommene Linie ihrer Nase, das Lächeln, die vor Langeweile oder Vergnügen (wie konnte ich das wissen?) halbgeschlossenen Augen. Lange Zeit begnügte ich mich damit, sie durch die Glasscheibe hindurch anzuschauen, beglückt, nur wenige Fuß von ihr entfernt zu sein. In meiner Verrücktheit schrieb ich ihr Briefe, ja, sogar das tat ich, und ich habe sie heute noch. Ich nannte sie Helen (»Liebe Helen, gib mir ein Zeichen. Ich weiß, Du weißt« usw.). Doch bald liebte ich sie mit Haut und Haaren und wollte sie haben, besitzen, aufsaugen, auffressen. Sie sollte in meine Arme, in mein Bett, ich sehnte mich danach, dass sie die Beine für mich breitmachte. Ich konnte nicht ruhen, bis ich zwischen ihren blassen Schenkeln war, bis meine Zunge diese Lippen aufgezwängt hatte. Ich wusste, ich würde bald den Laden mit dem Ansuchen betreten müssen, sie zu kaufen.

Nichts leichter als das, höre ich Sie sagen. Sie sind ein reicher Mann. Sie könnten den Laden kaufen, wenn Sie Lust hätten. Sie könnten die Straße kaufen. Natürlich könnte ich die Straße kaufen und viele andere Straßen auch. Doch bedenken Sie. Dies war keine bloße geschäftliche Transaktion. Ich beabsichtigte nicht, einen Bauplatz zur baulichen Neugestaltung zu erwerben. Bei Geschäften macht man Offerten, geht Risiken ein. Doch in dieser Sache konnte ich keine Pleite riskieren, denn ich wollte meine Helen, ich brauchte meine Helen. Ich hegte die tiefe Besorgnis, dass mich meine Verzweiflung verraten würde. Ich konnte nicht sicher sein, dass ich beim Aushandeln des Kaufpreises ruhig Blut bewahren würde. Platzte ich mit einer zu hohen Summe heraus, würde der Geschäftsführer wissen wollen, wieso. Wenn sie wertvoll für mich war, ja dann, so würde er natürlich schließen (denn war nicht auch er Geschäftsmann?), musste sie auch für jemand anderen wertvoll sein. Helen war viele Monate in diesem Laden gewesen. Womöglich, und dieser Gedanke begann mich jede wache Minute zu quälen, würden sie sie wegschaffen und vernichten.

Ich wusste, ich musste bald handeln, und ich hatte Angst.

Ich entschied mich für Montag, ein ruhiger Tag in jedem Laden. Doch ich war nicht sicher, ob die Ruhe auch von Vorteil war. Ich hätte Samstag nehmen können, einen betriebsamen Tag, aber dann wiederum, ein betriebsamer Tag … ein ruhiger Tag … meine Entschlüsse konterten einander wie in parallelen Spiegeln. Mir fehlten viele Stunden Schlaf, ich war zu meinen Freunden grob, bei meinen Geliebten so gut wie impotent, meine Geschäfte liefen immer schlechter, ich musste mich entscheiden, und ich entschied mich für Montag. Es war Oktober, und es fiel ein dünner unfreundlicher Nieselregen. Ich gab meinem Chauffeur den Tag frei und fuhr zu dem Laden. Soll ich mich sklavisch dem Joch der Konventionen beugen und es Ihnen beschreiben, das erste Zuhause meiner zarten Helen? Am liebsten würde ich mich gar nicht damit aufhalten. Es war ein großer Laden, ein Geschäft, ein Warenhaus, man verkaufte dort seriös und exklusiv Damenbekleidung und damit verwandte Artikel. Es gab Rolltreppen, und dort herrschte eine Atmosphäre dumpfer Langeweile. Genug. Ich hatte einen Plan. Ich ging hinein.

Wie viele Details dieser Verhandlung müssen hier jenem Moment vorangesetzt werden, da ich meine Liebste in den Armen hielt? Wenige und diese rasch. Ich redete mit einer Verkäuferin. Sie besprach sich mit einer anderen. Sie holten eine dritte, und die dritte schickte eine vierte nach einer fünften, die sich als die für die Schaufensterdekoration verantwortliche Untergeschäftsführerin herausstellte. Sie scharten sich um mich wie wissbegierige Kinder, die meinen Reichtum und meine Macht, nicht aber meine Ängstlichkeit spürten. Ich warnte sie alle vor, ich hätte eine merkwürdige Bitte, und sie traten unbehaglich von einem Fuß auf den anderen und mieden meinen Blick. Ich machte diese fünf Frauen zu meinen Verbündeten. Ich wollte einen der Mäntel in der Schaufensterauslage kaufen, erzählte ich ihnen. Er sei für meine Frau, erzählte ich ihnen, und ich wollte ebenfalls Stiefel und Halstuch, die zu dem Mantel gehörten. Meine Frau habe Geburtstag, sagte ich. Ich wollte die Schaufensterpuppe (ach, meine Helen), auf der diese Kleider ausgestellt seien, um die Kleider auf das Wirkungsvollste zu präsentieren. Ich weihte sie in meine kleine Geburtstagsüberraschung ein. Dorthin gelockt durch eine von mir erfundene häusliche Belanglosigkeit, würde meine Frau die Schlafzimmertür öffnen, und da stünde … sahen sie es nicht geradezu vor sich? Ich ließ die Szene für sie lebendig werden. Ich beobachtete sie genau. Ich heizte sie an. Sie durchlebten den Kitzel einer Geburtstagsüberraschung. Sie lächelten, sie tauschten flüchtige Blicke. Sie riskierten es, mir in die Augen zu sehen. Was für ein Ehemann! Jede von ihnen wurde meine Frau. Und selbstredend war ich gewillt, einen kleinen Aufpreis … aber nicht doch, die Untergeschäftsführerin wollte nichts davon hören. Bitte, nehmen Sie sie mit den besten Empfehlungen des Hauses an. Die Untergeschäftsführerin brachte mich zur Schaufensterauslage. Sie ging voraus, und ich folgte ihr durch einen blutroten Nebel. Schweiß tröpfelte mir von den Handflächen. Mein Redefluss war versiegt, meine Zunge klebte am Gaumen, und ich konnte bloß matt den Arm in Richtung Helen heben. »Diese da«, flüsterte ich.

Einst war ich ein Mann, der an einem Schaufenster vorbeieilte und unbekümmert hineinblickte … dann war ich ein verliebter Mann, ein Mann, der seine Liebste in den Armen zu einem wartenden Wagen durch den Regen trug. Man hatte mir im Geschäft wohl angeboten, die Kleider zusammenzulegen und einzupacken, damit sie nicht zerknitterten. Doch zeigen Sie mir den Mann, der seine wahre Liebe in einem Oktoberschauer nackt durch die Straßen trägt. Wie plapperte ich nicht vor Freude auf sie ein, während ich Helen durch die Straßen trug. Und wie eng hing sie an mir, klammerte sich fest an mein Revers wie ein neugeborenes Äffchen. O meine Süße. Behutsam legte ich sie auf den Rücksitz meines Wagens, und behutsam fuhr ich sie nach Hause.

Zu Hause hatte ich schon alles vorbereitet. Ich wusste, sie würde ausruhen wollen, sobald wir ankamen. Ich brachte sie ins Schlafzimmer, zog ihr die Stiefel aus und bettete sie zwischen die knisternd-weißen Laken. Ich küsste sie sanft auf die Wange, und vor meinen Augen sank sie in tiefen Schlummer. Für einige Stunden beschäftigte ich mich in der Bibliothek und arbeitete wichtige Geschäftssachen auf. Ich empfand jetzt erhabene Heiterkeit, ein steter innerer Glanz erleuchtete mich. Ich war zu intensiver Konzentration fähig. Ich stahl mich auf Zehenspitzen ins Schlafzimmer, wo sie lag. Im Schlaf nahmen ihre Züge einen Ausdruck großer Zärtlichkeit und großen Verständnisses an. Ihre Lippen waren leicht geöffnet. Ich kniete nieder und küsste sie. Wieder in der Bibliothek, setzte ich mich mit einem großen Glas Portwein in der Hand vor das offene Holzfeuer. Ich sann über mein Leben, meine Ehen, meine jüngste Verzweiflung nach. Und mit einemmal schien alle Trübsal der Vergangenheit nötig gewesen zu sein, um die Gegenwart zu ermöglichen. Ich hatte jetzt meine Helen. Sie lag schlafend in meinem Bett, in meinem Haus. Sie machte sich aus keinem anderen etwas. Sie war mein.

Es wurde zehn, und ich schlüpfte neben sie ins Bett. Ich tat es leise, doch ich wusste, sie war wach. Im Rückblick rührt es mich, dass wir uns nicht gleich liebten. Nein, wir lagen Seite an Seite (wie warm sie war) und wir redeten. Ich erzählte, wie ich sie das erste Mal gesehen hatte, wie meine Liebe zu ihr gewachsen war und wie ich ihre Befreiung aus dem Laden geplant hatte. Ich erzählte ihr von meinen drei Ehen, meinen Geschäften und meinen Liebschaften. Ich war entschlossen, keine Geheimnisse vor ihr zu haben. Ich erzählte ihr von den Dingen, die mir durch den Kopf gegangen waren, als ich mit meinem Glas Portwein vor dem Kamin saß. Ich sprach von der Zukunft, unserer gemeinsamen Zukunft. Ich sagte ihr, ich liebte sie, ja, ich glaube, das sagte ich ihr viele Male. Sie hörte mir mit der stillen Intensität zu, die ich an ihr zu schätzen lernen würde. Sie streichelte meine Hand, sie schaute mir verwundert in die Augen. Ich entkleidete sie. Armes Mädchen. Sie hatte unter ihrem Mantel nichts an, sie hatte auf der Welt nur mich. Ich zog sie eng an mich, ihren nackten Leib an meinen, und als ich dies tat, sah ich ihren angstgeweiteten Blick … sie war noch Jungfrau. Ich flüsterte ihr ins Ohr. Ich versicherte sie meiner Sanftheit, meiner Könnerschaft, meiner Selbstbeherrschung. Zwischen ihren Schenkeln liebkoste ich mit meiner Zunge die ranzige Wärme ihres jungfräulichen Begehrens. Ich fasste ihre Hand und setzte ihre biegsamen Finger an meiner pochenden Mannheit ans Werk (oh, ihre kühlen Hände). »Hab keine Angst«, wisperte ich, »hab keine Angst.« Mühelos glitt ich in sie, still wie ein mächtiges Schiff in nächtlichen Ankergrund. Der aufflammende Schmerz, den ich in ihrem Blick bemerkte, wurde von ihren langen, flinken Fingern schnell erstickt. Nie habe ich solche Lust erfahren, so vollkommenen Einklang … beinahe vollkommen, denn ich muss gestehen, schon legte sich ein nicht zu verjagender Schatten über mein Glück. Sie war Jungfrau gewesen, jetzt war sie eine fordernde Geliebte. Sie forderte den Orgasmus, den ich ihr nicht verschaffen konnte, sie wollte mich nicht loslassen, sie wollte mir keine Ruhe gewähren. Tiefer und tiefer in die Nacht hinein, und immerzu wippte sie am Rand jener Klippe, der Erlösung in jenem allersanftesten Tod … doch nichts, was ich tat, und ich tat alles, ich gab alles, konnte sie dahin bringen. Zuletzt, es muss gegen fünf Uhr morgens gewesen sein, riss ich mich von ihr los, vor Erschöpfung phantasierend, gepeinigt und verletzt durch mein Versagen. Wieder lagen wir Seite an Seite, und diesmal spürte ich in ihrem Schweigen einen unausgesprochenen Vorwurf. Hatte ich sie etwa nicht aus dem Laden weggeholt, wo sie in relativem Frieden gelebt hatte, hatte ich sie etwa nicht zu diesem Bett gebracht und mich meiner Könnerschaft vor ihr gebrüstet? Ich fasste ihre Hand. Sie war steif und abweisend. Einen panischen Moment lang durchzuckte es mich, Helen könnte mich verlassen. Es war eine Befürchtung, die viel später wiederkehren sollte. Nichts könnte sie aufhalten. Sie besaß kein Geld, so gut wie keine Qualifikationen. Keine Kleider. Doch sie konnte mich trotzdem verlassen. Es gab andere Männer. Sie konnte zurückgehen und wieder in dem Laden arbeiten. »Helen«, sagte ich flehentlich. »Helen …« Sie lag ganz still und schien den Atem anzuhalten. »Es wird schon kommen, hörst du, es wird schon kommen«, und damit war ich wieder in ihr, bewegte mich langsam, unmerklich und nahm sie jeden Schritt des Weges mit mir mit. Es brauchte eine Stunde langsamer Steigerung, und als die graue Oktoberdämmerung das lastende Londoner Gewölk durchstieß, starb sie, kam sie, verließ sie diese irdische Welt … ihr erster Orgasmus. Ihre Glieder wurden steif, ihr Blick starrte ins Nichts, und ihr Inneres wurde von einem Zucken erfasst wie von einer Ozeanwoge. Dann schlief sie in meinen Armen.

Ich erwachte spät am nächsten Morgen. Helen lag noch immer auf meinem Arm, doch ich schaffte es, aus dem Bett zu schlüpfen, ohne sie aufzuwecken. Ich zog einen farbenfrohen Morgenrock an, ein Geschenk meiner zweiten Frau, und ging in die Küche, um mir Kaffee zu kochen. Ich kam mir wie ein anderer Mensch vor. Ich betrachtete die Gegenstände ringsum, den Utrillo an der Küchenwand, die berühmte Fälschung einer Rodin-Statuette, die gestrigen Zeitungen. Sie wirkten neu, unvertraut. Ich wollte die Dinge anfassen. Ich strich mit den Händen über die Maserung der Küchentischplatte.

Ich genoss es, meine Kaffeebohnen in die Mühle zu schütten und mir eine reife Grapefruit aus dem Kühlschrank zu nehmen. Ich war verliebt in die Welt, denn ich hatte meine perfekte Bettgenossin gefunden. Ich liebte Helen und wusste mich geliebt. Ich fühlte mich frei. Ich las die Morgenzeitung im Eiltempo und erinnerte mich später am Tag immer noch an die Namen der Außenminister und Länder, die sie repräsentierten. Ich diktierte ein Halbdutzend Briefe durchs Telefon, rasierte mich, duschte und zog mich an. Als ich zu Helen hineinschaute, schlief sie immer noch, wollustermattet. Selbst als sie erwachte, wollte sie nicht eher aufstehen, bis sie ein paar Kleider zum Anziehen hatte. Ich ließ mich von meinem Chauffeur ins Westend fahren und verbrachte dort den Nachmittag mit Kleiderkäufen. Es wäre taktlos von mir, meine Ausgaben zu erwähnen, doch lassen Sie mich nur so viel sagen, dass wenige Männer über ein solches Jahreseinkommen verfügen. Einen BH kaufte ich indes nicht. Ich habe diese Objekte schon immer verabscheut, und doch scheinen nur Studentinnen und Eingeborene aus Neuguinea auf sie verzichten zu können. Zum Glück mochte meine Helen BHs ebenfalls nicht – eine glückliche Fügung.

Als ich wiederkam, war sie wach. Ich ließ meinen Chauffeur die Pakete ins Esszimmer schaffen, und dann schickte ich ihn weg. Eigenhändig trug ich die Pakete vom Esszimmer ins Schlafzimmer. Helen war begeistert. Ihre Augen strahlten, und sie war sprachlos vor Freude. Gemeinsam suchten wir aus, was sie diesen Abend tragen sollte: ein langes, reinseidenes, taubenblaues Abendkleid. Ich überließ sie der beschaulichen Betrachtung von über zweihundert Einzelstücken und eilte in die Küche, um ein schwelgerisches Mahl zuzubereiten. Sowie ich einen Moment Zeit hatte, ging ich zu Helen, um ihr beim Anziehen zu helfen. Sie stand vollkommen still, vollkommen entspannt da, während ich zurücktrat, um sie zu bewundern. Das Kleid saß natürlich wie angegossen. Doch zusätzlich erkannte ich einmal mehr ihre geniale Begabung, Kleider zu tragen, ich erschaute die Schönheit in einem anderen Geschöpf, wie sie noch kein Mann jemals erschaut hat, ich erschaute … es war Kunst, die vollkommene Einheit von Linie und Form, wie sie nur die Kunst zu verwirklichen vermag. Sie schien zu leuchten. Wir standen schweigend da und sahen uns in die Augen. Dann fragte ich sie, ob sie Lust habe, sich von mir durchs Haus führen zu lassen.

Ich brachte sie zuerst in die Küche. Ich demonstrierte ihr die zahlreichen Geräte. Ich wies sie auf den Utrillo an der Wand hin (wie ich später herausfand, machte sie sich nicht sonderlich viel aus Malerei). Ich zeigte ihr die Rodin-Fälschung und bot ihr sogar an, sie ihr in die Hand zu geben, doch sie zierte sich. Sodann führte ich sie ins Bad und zeigte ihr die eingelassene Marmorwanne und wie man die Hähne bediente, damit die Rachen von Alabasterlöwen Wasser spien. Ich fragte mich, ob sie das wohl ein bisschen vulgär fand. Sie äußerte sich nicht dazu. Ich geleitete sie ins Esszimmer … aufs Neue Gemälde, mit denen ich sie recht langweilte. Ich zeigte ihr mein Arbeitszimmer, meinen First-Folio-Shakespeare, verschiedenste Raritäten und viele Telefone. Dann den Konferenzraum. Eigentlich bestand für sie keine Veranlassung, ihn sich anzusehen. Zu diesem Zeitpunkt begann ich vielleicht ein wenig großspurig zu werden. Schließlich die riesige Wohnfläche, die bei mir schlicht »das Zimmer« heißt. Hier verlebe ich meine Mußestunden. Doch ich will Sie nicht mit weiteren Einzelheiten bombardieren wie mit überreifen Tomaten … es ist komfortabel und kein bisschen exotisch.

Ich spürte gleich, dass Helen das Zimmer gefiel. Sie stand im Türrahmen und nahm es mit hängenden Armen ganz in sich auf. Ich brachte sie hinüber zu dem großen Polstersessel, setzte sie hinein und goss ihr den Drink ein, den sie so nötig hatte, einen trockenen Martini. Dann ließ ich sie allein und widmete für die nächste Stunde meine volle Aufmerksamkeit der Zubereitung unseres Essens. An jenem Abend spielten sich ganz gewiss die kultiviertesten Stunden ab, die ich jemals mit einer Frau oder, überhaupt, mit einer anderen Person verlebt habe. Ich habe bei mir zu Hause oft für Freundinnen gekocht. Ohne Zögern bezeichne ich mich als einen exzellenten Koch. Als einen der allerbesten. Doch bis zu diesem speziellen Anlass lasteten auf diesen Abendessen stets das Schuldgefühl der Bewirteten, dass ich es war, der in der Küche stand, und nicht sie, dass ich es war, der das Geschirr hereintrug und am Schluss wieder hinaus. Und die ganze Zeit bekundete mein Gast nicht enden wollende Überraschung darüber, dass ich, dreimal geschieden und ein Mann obendrein, zu solchen kulinarischen Höhenflügen fähig war. Nicht so Helen. Sie war mein Gast und damit basta. Sie versuchte nicht, in meine Küche einzudringen, sie gurrte nicht immerzu: »Kann ich irgendetwas tun?« Sie lehnte sich zurück, so wie es einem Gast geziemt, und ließ sich von mir bedienen. Ja, und dann die Unterhaltung. Bei jenen anderen Gästen wurde die Unterhaltung zu einem regelrechten Hindernislauf: Widerspruch, Wettstreit, Missverstehen und dergleichen wurden zu unüberwindbaren Gräben und Zäunen. Die für mich ideale Unterhaltung ist diejenige, die es beiden Teilnehmern erlaubt, ihre Gedanken in vollem Umfang zu entwickeln, ungehemmt, ohne endlos Prämissen zu definieren und zu verfeinern und Schlussfolgerungen zu verteidigen. Ohne je zu Schlussfolgerungen zu gelangen. Mit Helen konnte ich mich ideal unterhalten, ich konnte ihr erzählen. Sie saß ganz still, den Blick auf einen Punkt mehrere Zentimeter vor ihrem Teller geheftet und hörte zu. Ich erzählte ihr viele Dinge, die ich vorher nie laut ausgesprochen hatte. Von meiner Kindheit, vom Todesröcheln meines Vaters, von der Panik meiner Mutter vor der Sexualität, von meiner eigenen sexuellen Initiation durch eine ältere Kusine; ich sprach über die Weltlage, über die Lage der Nation, über Décadence, Liberalismus, den zeitgenössischen Roman, über Ehe, Ekstase und Krankheit. Ehe wir uns versahen, waren fünf Stunden vergangen, und wir hatten vier Flaschen Wein und eine halbe Flasche Portwein getrunken. Arme Helen. Ich musste sie ins Bett tragen und ausziehen. Wir legten uns hin, unsere Glieder verflochten sich und wir sanken alsbald in sanften, tiefen Schlaf.

So endete unser erster gemeinsamer Tag, und es sollten dergleichen noch viele folgen in den nächsten Monaten. Ich war ein glücklicher Mann. Ich widmete mich Helen und dem Geldverdienen. Letzteres gelang mir spielend. Ich wurde in dieser Zeit tatsächlich so reich, dass die amtierende Regierung fand, es sei gefährlich, wenn ich keine einflussreiche Position innehätte. Ich nahm den Ritterschlag natürlich an, und Helen und ich feierten im großen Stil. Doch ich weigerte mich, ein Amt in der Regierung zu übernehmen, da meine zweite Frau auf der politischen Bühne nach wie vor so großen Einfluss zu haben schien. Aus dem Herbst wurde Winter, und dann standen bald die Mandelbäume in meinem Garten in Blüte, bald erschienen die ersten zartgrünen Blätter in meiner Eichenallee. Helen und ich lebten in vollkommener Harmonie, die nichts stören konnte. Ich machte Geld, ich machte Liebe, ich redete, Helen hörte zu.

Doch ich war ein Narr. Nichts ist von Dauer. Jeder weiß das, aber niemand will wahrhaben, dass dem nichts entkommt. Es ist jetzt leider an der Zeit, Ihnen von meinem Chauffeur zu erzählen, von Brian.

Brian war der perfekte Chauffeur. Er sprach erst, wenn er angesprochen wurde, und dann auch nur, um einem beizupflichten. Er sprach nicht über seine Vergangenheit, seine Ambitionen, sein Wesen, und ich war froh darüber, denn ich wollte nicht wissen, woher er kam, wohin er ging oder wer er zu sein glaubte. Er fuhr wendig und forsch. Er fand immer einen Parkplatz. Er stand in jeder Verkehrsschlange immer vorn, wenn er denn je in einer Schlange stand. Er kannte jede Abkürzung, jede Straße in London. Er war unermüdlich. Er wartete die ganze Nacht an einer Adresse auf mich, ohne zu Zigaretten oder pornographischer Literatur Zuflucht zu nehmen. Er hielt den Wagen, seine Stiefel und seine Uniform blitzblank. Er war blass, rank und schlank, und ich schätzte sein Alter auf irgendwo zwischen achtzehn und fünfunddreißig.

Es mag Sie jetzt vielleicht überraschen zu erfahren, dass ich Helen, so stolz ich auf sie war, meinen Freunden nicht vorstellte. Ich stellte sie niemandem vor. Sie schien keine andere Gesellschaft als die meine zu brauchen, und ich war's zufrieden so. Warum sollte ich anfangen, sie durch die ermüdenden wohlhabenden Gesellschaftskreise Londons zu schleppen? Und zudem war sie recht schüchtern, anfangs sogar mir gegenüber. Für Brian wurde keine Ausnahme gemacht. Ohne allzu offenkundig etwas zu verbergen, ließ ich ihn jedoch kein Zimmer betreten, wenn Helen darin war. Und wenn ich wollte, dass Helen mit mir reiste, dann gab ich Brian den Tag frei (er wohnte über der Garage) und setzte mich selber ans Steuer.

Alles war klar und einfach geregelt. Doch die Dinge begannen schiefzulaufen, und ich kann mich lebhaft an den Tag erinnern, an dem alles anfing. Mitte Mai kam ich von einem beispiellos aufreibenden und anstrengenden Tag nach Hause. Ich wusste es damals noch nicht (ich befürchtete es), aber ich hatte beinahe eine halbe Million Pfund verloren, aufgrund eines Irrtums, der einzig und allein auf mein Konto ging. Helen saß einfach nur so in ihrem Lieblingssessel, als ich durch die Tür kam, und in ihrem Blick lag etwas so Ausweichendes, so undefinierbar Kühles, dass ich so tun musste, als sähe ich es nicht. Ich trank ein paar Scotch und fühlte mich besser. Ich setzte mich neben sie und begann, ihr von meinem Tag zu erzählen, was schiefgelaufen war, dass es mein Fehler gewesen war, dass ich impulsiv jemand anders beschuldigt hatte und mich später entschuldigen musste … und so weiter, die Sorgen eines schlechten Tages, die man nur seiner Gefährtin anvertrauen darf. Doch nachdem ich knappe fünfunddreißig Minuten geredet hatte, merkte ich, dass Helen überhaupt nicht zuhörte. Sie starrte hölzern ihre Hände an, die auf ihren Knien lagen. Sie war weit, weit weg. Diese Erkenntnis war so fürchterlich, dass ich im Moment nichts anderes tun konnte (ich war wie gelähmt), als weiterzureden. Und dann ertrug ich es nicht mehr. Ich brach mitten im Satz ab und stand auf. Ich ging aus dem Zimmer und knallte die Tür hinter mir zu. Keine Sekunde blickte Helen von ihren Händen auf. Ich war wütend, zu wütend, um mit ihr zu sprechen. Ich saß draußen in der Küche und trank aus der Scotch-Flasche, die ich vorsorglich mitgenommen hatte. Dann ging ich unter die Dusche.

Als ich ins Zimmer zurückging, fühlte ich mich erheblich wohler. Ich war entspannt, leicht angetrunken und bereit, die ganze Sache zu vergessen. Auch Helen wirkte zugänglicher. Zuerst wollte ich sie fragen, was denn eigentlich los gewesen sei, doch wir begannen wieder über meinen Tag zu reden, und im Nu waren wir wieder die Alten. Es schien sinnlos, alles noch einmal durchzukauen, wo wir uns doch so prächtig verstanden. Aber eine Stunde nach dem Abendessen läutete es an der Haustür – abends ein seltener Vorfall. Als ich mich aus meinem Sessel erhob, blickte ich zufällig zu Helen hinüber und sah, wie über ihr Gesicht der gleiche ängstliche Ausdruck glitt wie in jener Nacht, da wir uns das erste Mal liebten. Brian war an der Tür. Er hielt ein Papier in der Hand, das ich unterschreiben sollte. Irgendetwas wegen des Wagens, irgendetwas, das gut und gerne auch noch bis zum Morgen hätte warten können. Als ich überflog, was ich da unterschreiben sollte, sah ich aus den Augenwinkeln, dass Brian über meine Schultern hinweg verstohlen in den Flur schielte. »Suchen Sie etwas?«, sagte ich scharf. »Nein, Sir«, sagte er. Ich unterschrieb und machte die Tür zu. Mir fiel ein, dass Brian den ganzen Tag zu Hause gewesen war, weil der Wagen zur Inspektion in der Werkstatt stand. Ich war per Taxi in meine Büros gefahren. Dieser Umstand und Helens Wunderlichkeit … als ich beides miteinander in Verbindung brachte, wurde mir so schlecht, dass ich einen Moment lang glaubte, erbrechen zu müssen, und ich stürzte ins Badezimmer.

Ich erbrach mich jedoch nicht. Stattdessen blickte ich in den Spiegel. Ich sah dort einen Mann, der in weniger als sieben Monaten fünfundvierzig sein würde, einen Mann, dem drei Ehen um die Augen eingraviert waren, dessen Mundwinkel vom lebenslangen Telefonieren schlaff herunterhingen. Ich spritzte mir kaltes Wasser ins Gesicht und ging zu Helen ins Zimmer. »Das war Brian«, sagte ich. Sie sagte nichts, sie konnte mich nicht ansehen. Meine eigene Stimme klang nasal und tonlos: »Normalerweise kommt er abends nicht vorbei …« Und noch immer sagte sie nichts. Was erwartete ich eigentlich? Dass sie sich plötzlich bemüßigt fühlte, mir eine Affäre mit meinem Chauffeur zu beichten? Helen war eine verschwiegene Frau, es bereitete ihr keine Mühe, ihre Gefühle zu verbergen. Und auch ich konnte meine Gefühle nicht beichten. Ich fürchtete mich zu sehr davor, recht zu haben. Ich konnte es nicht ertragen, aus ihrem Mund ebenjene Vorstellung bestätigt zu hören, bei der mir erneut speiübel zu werden drohte. Ich schleuderte ihr meine Bemerkungen nur hin, damit sie Ausflüchte erfand … ich wollte so unbedingt Ausflüchte hören, obwohl ich doch wusste, dass sie falsch waren. Kurzum, ich begriff, dass ich mich in Helens Gewalt befand.

In dieser Nacht schliefen wir nicht im selben Bett. Ich schlug mein Lager in einem der Gästezimmer auf. Ich wollte nicht alleine schlafen, der Gedanke an sich schon war mir verhasst. Ich vermute (ich war so durcheinander), dass ich diese Vorkehrungen traf, weil ich wollte, dass Helen fragen würde, was ich täte. Ich wollte ihr Erstaunen darüber hören, dass ich mir nach all diesen glücklichen Monaten zusammen plötzlich, ohne ein weiteres Wort, mein Bett in einem anderen Zimmer machte. Ich wollte gesagt bekommen, ich solle nicht dumm sein und ins Bett kommen, in unser Bett. Doch sie sagte nichts, absolut nichts. Für sie war das alles selbstverständlich … so war es jetzt eben, wir konnten nicht länger ein Bett teilen. Ihr Schweigen war eine tödliche Bestätigung. Oder existierte die geringste Möglichkeit (ich lag wach in meinem neuen Bett), dass sie einfach nur ärgerlich über meine Launenhaftigkeit war? Jetzt geriet ich wirklich durcheinander. Die ganze Nacht wandte ich die Sache im Kopf hin und her. Vielleicht hatte sie Brian ja gar nie gesehen. Konnte alles nicht nur ein Hirngespinst von mir sein? Immerhin hatte ich einen schlimmen Tag hinter mir. Doch das war absurd, denn dies war die reale Situation … getrennte Betten … und doch, was hätte ich tun sollen? Was hätte ich sagen sollen? Ich erwog jede Möglichkeit, treffende Aussagen, verschlagenes Schweigen, bündige, aphoristische Äußerungen, die den dürftigen Schleier des Scheins zerfetzten. Lag sie jetzt wie ich wach und dachte über all dies nach? Oder schlief sie tief? Wie konnte ich das herausfinden, ohne dass sie merkte, dass ich wach war? Was sollte werden, wenn sie mich verließ? Ich war ihr gnadenlos ausgeliefert.

Es würde zum Bankrott der Sprache führen, wollte ich versuchen, mein Dasein während der folgenden Wochen zu schildern. Es besaß den willkürlichen Horror eines Alptraums, ich schien ein Rostbraten auf einem Spieß zu sein, den Helen langsam mit einer freien Hand drehte. Es wäre falsch von mir, rückblickend zu behaupten, ich hätte die Situation selbst geschaffen; doch ich weiß jetzt, dass ich mein Elend hätte früher beenden können. Dass ich im Gästezimmer schlief, wurde zur festen Einrichtung. Mein Stolz untersagte es mir, in unser eheliches Bett zurückzukehren. Ich wollte, dass die Initiative von Helen ausging. Schließlich war sie es, die mir eine Erklärung schuldete. In diesem Punkt war ich unerbittlich, dies war in einer Zeit blankester Verwirrung meine einzige Gewissheit. An irgendetwas musste ich mich klammern ... und wie Sie sehen, habe ich überlebt. Helen und ich redeten kaum. Wir waren kalt zueinander und auf Distanz. Jeder mied den Blick des anderen. Ich beging die Tollheit anzunehmen, dass hartnäckiges Schweigen meinerseits sie irgendwie zermürben und in ihr den Wunsch wecken würde, mit mir zu reden, mir zu erzählen, was ihrer Ansicht nach mit uns geschah. Und so röstete ich vor mich hin. Nachts erwachte ich schreiend aus schlechten Träumen, und nachmittags schmollte ich und versuchte alles klar zu durchdenken. Ich musste meine Geschäfte weiterführen. Ich musste oft außer Haus, manchmal Hunderte von Meilen weit weg, in der Gewissheit, dass Brian und Helen meine Abwesenheit feierten. Manchmal rief ich aus Hotels oder Flughafenhallen zu Hause an. Nie hob jemand ab, und doch hörte ich zwischen jedem Summen der elektronischen Töne Helen im Schlafzimmer mit wachsender Lust stöhnen. Ich lebte in einem finsteren Tal, am Rande der Tränen. Der Anblick eines kleinen Mädchens, das mit seinem Hund spielte, der in einem Fluss gespiegelte Sonnenuntergang, ein treffender Werbespruch genügte, um mich in Tränen zerfließen zu lassen. Wenn ich von Geschäftsreisen niedergeschlagen und nach Freundschaft und Liebe lechzend hereinkam, spürte ich von dem Augenblick an, da ich durch die Tür trat, dass Brian kurz vor mir hiergewesen war. Nichts Greifbareres als das Gefühl von ihm in der Luft, irgendetwas im Arrangement des Betts, ein anderer Geruch im Badezimmer, die Position der Scotch-Karaffe auf dem Tablett. Helen gab vor, mich nicht zu sehen, wie ich in meiner Seelenqual von Zimmer zu Zimmer pirschte, sie gab vor, mein Schluchzen im Bad nicht zu hören. Man könnte die Frage stellen, warum ich meinen Chauffeur denn nicht entließ. Die Antwort ist einfach. Ich befürchtete, dass wenn Brian ging, Helen ihm folgen würde. Ich verriet meinem Chauffeur nichts von meinen Gefühlen. Ich erteilte ihm seine Befehle, und er fuhr mich und wahrte dabei wie eh und je seine gesichtslose Unterwürfigkeit. Ich bemerkte keine Veränderung in seinem Benehmen, wenngleich ich wenig Lust verspürte, ihn mir allzu genau anzusehen. Ich bin der Überzeugung, dass er nie wusste, dass ich es wusste, und dies zumindest verschaffte mir die Illusion, Macht über ihn zu haben.

Doch das sind schattenhafte, nebensächliche Vermutungen. Vor allem war ich ein zerfallender Mann, ich ging aus dem Leim. Ich schlief am Telefon ein. Mein Haar begann sich von der Kopfhaut zu lösen. Mein Mund füllte sich mit Geschwüren, und mein Atem stank nach verwesendem Aas. Ich bemerkte, dass meine Geschäftsfreunde einen Schritt zurückwichen, wenn ich sprach. Ich nährte einen bösartigen Furunkel in meinem After. Ich magerte ab. Ich begann die Zwecklosigkeit meiner stummen Wartespielchen mit Helen einzusehen. In Wahrheit existierte zwischen uns keine Situation, mit der sich spielen ließ. Sie saß den ganzen Tag in ihrem Sessel, wenn ich im Haus war. Manchmal saß sie die ganze Nacht dort. Oft musste ich frühmorgens das Haus verlassen, sie verlassen, wie sie in ihrem Sessel saß und auf die Muster im Teppich stierte; und wenn ich spätnachts zurückkam, war sie noch immer dort. Der Himmel weiß es, ich wollte ihr beistehen. Ich liebte sie. Doch ich konnte nichts tun, solange sie mir nicht half. Ich war im elenden Kerker meines Denkens eingesperrt, und die Lage erschien hoffnungslos. Einst war ich ein Mann, der an einem Ladenfenster vorbeieilte und unbekümmert hineinsah, nun war ich ein Mann mit Mundgeruch, Furunkeln und Geschwüren. Ich ging aus dem Leim.

In der dritten Woche dieses Alptraums, als mir nichts anderes mehr übrigzubleiben schien, brach ich das Schweigen. Ich ging aufs Ganze. Den Tag über ging ich im Hyde Park spazieren und kratzte die letzten Reste meines Verstandes, meiner Willenskraft, meiner Verbindlichkeit für die Auseinandersetzung zusammen, die noch an diesem Abend stattfinden sollte. Ich trank etwas weniger als eine Drittel Flasche Scotch, und gegen sieben Uhr ging ich auf Zehenspitzen zu ihrem Schlafzimmer, wo sie die vergangenen zwei Tage gelegen hatte. Ich klopfte sacht und trat dann, als ich keine Antwort erhielt, ein. Sie lag völlig angekleidet auf dem Bett, die Arme neben sich. Sie trug ein blasses Baumwollkleid. Ihre Beine waren weit gespreizt, und ihr Kopf lehnte an einem Kissen. Da war kaum ein Funke des Erkennens, als ich vor ihr stand. Mein Herz hämmerte wild, und der Gestank meines Atems füllte das Zimmer wie giftiger Rauch. »Helen«, sagte ich, und musste abbrechen und mich räuspern. »Helen, wir können doch so nicht weitermachen. Es wird Zeit, dass wir miteinander reden.« Und dann erzählte ich ihr, ohne ihr Gelegenheit zu einer Antwort zu lassen, alles. Ich erzählte ihr, ich wüsste von ihrer Affäre. Ich erzählte ihr von meinem Furunkel. Ich kniete neben ihrem Bett. »Helen«, rief ich, »es hat uns beiden doch so viel bedeutet. Wir müssen dafür kämpfen.« Schweigen. Meine Augen waren geschlossen, und ich glaubte zu sehen, wie sich meine eigene Seele über eine gewaltige schwarze Leere von mir entfernte, bis sie ein nadelstichgroßes rotes Licht war. Ich blickte auf, ich blickte ihr in die Augen, und sah in ihnen stille, nackte Verachtung. Es war alles vorbei, und in diesem rasenden Moment verspürte ich zwei wilde und verwandte Begierden. Sie zu vergewaltigen und zu vernichten. Mit einer jähen Handbewegung riss ich ihr das Kleid vom Leib. Sie hatte nichts darunter an. Ihr blieb noch nicht einmal Zeit zum Atemholen, da war ich auf ihr, war ich in ihr, rammte tief hinein, während meine Rechte sich um ihre zarte, weiße Kehle schloss. Mit der Linken erstickte ich ihr Gesicht mit dem Kissen.

Ich kam, als sie starb. Dessen darf ich mich rühmen. Ich weiß, ihr Tod war für sie ein Moment der höchsten Lust. Ich hörte ihre Schreie durch das Kissen. Ich werde Sie nicht mit Rhapsodien meiner eigenen Lust langweilen. Es war eine Verklärung. Und nun lag sie tot in meinen Armen. Es dauerte einige Minuten, bis ich die Ungeheuerlichkeit meiner Tat begriff. Meine liebe, süße, zarte Helen lag tot in meinen Armen, tot und erbärmlich nackt. Ich wurde ohnmächtig. Ich erwachte, wie mir vorkam, viele Stunden später, ich sah die Leiche, und ehe ich Zeit hatte den Kopf abzuwenden, erbrach ich mich über ihr. Wie ein Schlafwandler trieb ich in die Küche, ich hielt direkt auf den Utrillo zu und riss ihn in Stücke. Ich warf die Rodin-Fälschung in den Müllschlucker. Jetzt tobte ich wie ein nackter Irrer von Zimmer zu Zimmer und zerstörte, was ich zwischen die Finger bekommen konnte. Ich pausierte nur, um den Scotch auszutrinken. Vermeer, Blake, Richard Dadd, Paul Nash, Rothko zerriss, zertrampelte, zerfetzte, zertrat, bespuckte und bepisste mich … meine Schätze … oh, mein Schatz … ich tanzte, ich sang, ich lachte … ich weinte bis tief in die Nacht.

ANNA HERZIG

Eine Sommernacht

Ich heiß eigentlich Franz Sedlicka und nicht Pawel Richter.«

»Da schau her.«

»Ja.«

»Und jetzt?«

»Willst nicht wissen, warum ich gelogen habe?«

»Das ist dann immer die Frage, nicht wahr? Schau Frawel, entweder du erzählt mir's, weil du willst oder eben nicht.«

»Nimmst mir die Beichte ab?«

»Siehst, ich mach das Kreuz mit den Fingern, aber ich sag nicht das Gschicht'l vom Vater und dem heiligen Sohn auf. Ich glaub nicht daran.«

»Ich brauch keine Absolution von dir für dass, was ich dir erzählen will, sondern für das, was ich getan hab, bevor wir uns hier getroffen haben.«

»Schau ma mal.«

»Vor drei Jahren. Da war ich noch der Franzl, ein praktizierendes Arschloch auf zwei Beinen. Hochmütig und eitel. Hab sehr schnell gelebt und gesoffen von morgens bis abends.«

»Manchmal braucht man das.«

»Stimmt. Aber nicht sechs Jahre lang.«

»Richtig.«

»Es war nicht nur das Trinken. Ich hab Koks gezogen, fürchterliche Schulden gemacht, hab meinen Job als leitender Angestellter bei einer Personalfirma verloren und bin delogiert worden. Das ist die Kurzfassung.«

»Wie geht die lange?«

»Willst das wirklich hören? Ist nicht schön.«

»Mach mal weiter.«

»Ich hab mit drei meiner Kolleginnen angebandelt. Gleichzeitig. Eine ist schwanger geworden, die ist dann weinend vor mir gestanden, weil sie erst einundzwanzig war. Ich hab ihr einfach ein paar Hundert Euro hingeworfen, gesagt, sie soll sich um den Scheißdreck kümmern.«

»Und hat sie's gemacht? Abtreiben lassen?«

»Nein. Sie hat mich geliebt, das war schlimm. Anrufe, E-Mails und SMS. Also hab ich die Nummer gewechselt, ihre E-Mail-Adresse blockiert. Einmal waren sie sogar bei mir im Büro, also die Frau und ihre Eltern, und haben eine fürchterliche Szene beim Empfang gemacht. Ich bin nur beim Aufzug gestanden und hab zugeschaut. Ich hab gelacht, weil ich ja ein Gott war, und da hält man sich mit unwesentlichen Dingen nicht auf.«

»Und dann?«

»Ein paar Tage später ist sie vor meiner Tür gestanden, mitten in der Nacht. Wir haben miteinander geschlafen, und sie hat gedacht, dass alles gut wird.«

»Versöhnung.«

»Genau. Sie hat wieder damit angefangen, dass wir Eltern werden. Sie hat schon ein bisschen einen Bauch gehabt, aber das hat mich alles kalt gelassen. Den Rest der Nacht haben wir uns angeschrien, schlimme, und ich meine wirklich schlimme Sachen gesagt. Das war das letzte Mal, dass ich sie gesehen habe. Das nächste Mal war bei der Beerdigung.«

»Das hat dir sicher ins Leben reingefickt. Scheiße.«

»Ja.«

»Was ist passiert?«

»Sie hat sich vor einen kommenden Zug gestellt, mitten auf die Schienen.«

»Hat das für dich Folgen gehabt?«

»Rechtlich nicht. Es war Selbstmord. Seelisch schon. Den Moment, als mich ihre Mutter angerufen und gesagt hat, dass sich ihre Tochter umgebracht hat und sie hofft, dass ich in der Hölle verrotte und vorher noch alle möglichen Krebsarten krieg, werde ich nie vergessen. Da bin ich aufs Klo gerannt, hab zu speiben und weinen angefangen. Ich hab einfach nicht mehr aufhören können. Es hätten Stunden sein können, waren's natürlich nicht, aber es hat sich so angefühlt. Als ob die ganzen Lügen und das Schlechte aus mir rauswollten. Die ganzen Dinge, die ich immer runtergedrückt hab, weiter und tiefer, und dann mit einem robusten Deckel verschlossen habe. Ich kann's nicht anders erklären.«

»Dein Körper hat gesagt: Bis hier und nicht weiter.«

»Dieses Telefonat war der Auslöser. Es gibt immer einen Auslöser, und dann ist man schneller unter der Lawine, als man schauen kann.«

»Wie ging's dir nachher?«

»Ich war frei. Dann hab ich neu angefangen, komplett. Ich hab nichts mehr gehabt, und deshalb war das Neuanfangen ganz leicht. Neuer Beruf, neuer Name, weg von den harten Drogen, ganz viel Katharsis. Das Arschloch, das ich war, hat mir nur zwei Möglichkeiten gelassen: Entweder ich bleib der Franz Sedlicka, der eine einundzwanzigjährige Frau und ihr ungeborenes Kind – mein Kind – umgebracht hat, weil er als Bub vom Vater geschlagen und missbraucht worden ist, und erschieß mich, weil ich eine feige Drecksau war, oder ich leb weiter. Mit mir und mit dem, wofür ich verantwortlich war. Manchmal hör ich den alten Franz flüstern und kratzen, aber ich hab Frieden geschlossen. Fotografieren, das war eigentlich ein Hobby, dann wurde es mein Anker.«

»Scheiße«, sagt der Bertl, »das war viel. Und jetzt?«

»Aushaltbar. An den meisten Tagen.«

»Gib mir einen Schluck bitte.«

»Das Leben ist ein Arschloch.«

»Aber ein zärtliches.«

»Bertl, du bist grauslich.«

»Wenn du dir immer alles bildlich vorstellen musst.«

»Grausig.«

»Mein Kopf ist grad so leer.«

»Es tut mir leid. Du musst das wissen.«

»Lassen wir das.«

»Manchmal gehst halt durch die Welt und nimmst am Weg mit, was geht, und denkst nicht darüber nach, ob du ein rückgratloses Arschloch bist.«

»Tust du mir einen Gefallen?«

»Jeden.«

»Aber ich möcht, dass wir das wie zwei erwachsene Männer behandeln.«

»Was?«

»Gib mir noch einen Schluck.«

»Hier.«

»Danke. Jetzt geht's besser.«

»Also?«

»Ich möchte, dass du mich küsst.«

»Interessant.«

»Nicht seltsam?«

»Natürlich seltsam. Und das ist noch untertrieben. Aber irgendwie, ich weiß nicht. Die ganze Nacht verläuft schon in diesem seltsamen Rhythmus. Warum nicht? Ich soll dich küssen? So richtig?«

»Spar dir die Zunge. Nur Lippen. Ich will wissen, was meine Frau gefühlt hat.«

»Erklärst mir jetzt, wie ich küssen soll?«

»Ich mein ja nur.«

»Sei froh, dass ich's überhaupt machen will.«

»Will?«

»Würde.«

»Verstehe.«

»Was verstehst du?«

»Nichts. Anscheinend.«

»Ich bin nicht hom…«

»Ich auch nicht.«

»Darum geht es letztendlich nicht.«

»Stimmt.«

»Weil, ich denk mir, es ist doch egal, wer was ist und warum das so ist, weil's manchmal halt so ist. Dann verliebt man sich in die Seele, die man in dem anderen Menschen erkennt, unabhängig vom Geschlecht.«

»Du redest so viel Blödsinn daher, wie die Nacht dunkel ist.«

»Darf ich nicht romantisch sein?«

»Dass du so viel reden musst.«

»Schön, dich grinsen zu sehen. Da kommt der Bart mehr zur Geltung.«

»Ich bau uns noch einen.«

»Gute Idee.«

»Sag mal …«

»Ja?«

»Bereust du es, das mit der jungen Frau?«

»Jeden Tag.«

»Was würdest anders machen?«

»Diese Frage stell ich mir seit Monaten.«

»Und?«

»Ich würd's so machen: verhindern, dass wir uns kennenlernen. Dass keiner von uns dem anderen gewaltsam ins Leben einbricht.«

»Nüchtern.«

»Nur ehrlich.«

»Magst anzünden?«

»Den Joint?«

»Was sonst?«

»Klar, gib her. Sag, ist dein Verlangen, mir mitten ins Gesicht zu schlagen, immer noch da?«

»Und wie.«

»Das mit dem Küssen willst du trotzdem noch?«

»Ja.«

»Bis auf die Zunge.«

»Genau.«

»Ich finde, man gönnt sich selbst viel zu wenige Momente so wie jetzt, wo das Leben einfach stillsteht, Pause gedrückt sozusagen, weil das Bild flimmert und das Herz auch. Damit man alles in Ruhe betrachten kann. Oder vielleicht auch gar nichts anschauen.«

»Wegschauen.«

»Richtig.«

»Eine kurzfristige Lösung.«

»Aber eine beruhigende.«

»Ich war vorher schon mal verheiratet.«

»Ach so?«

»Ja.«

»Wie heißt deine Ex-Frau?«

»Lisa.«

»Was ist passiert?«

»Die Johanna«, antwortet der Bertl.

»Die Johanna«, wiederholt der Pawel.

»Das verdammt Wunderschönste, das ich seit langer Zeit gesehen habe.«

»Das hast du zu ihr gesagt?«

»Falsch. Das hat sie zu mir gesagt. Ganz am Anfang.«

»Mutig.«

»Korrekt.«

»Wollte sie sich nicht jagen lassen?«

»Schwierig. Weil sie so eine Anstürmerin war.«

»Und du die Beute.«

»Jagen wollt ich schon. Obwohl ich nicht der Typ dafür bin.«

»Jeder Mann ist der Typ dafür.«

»Falsch. Wenn du verheiratet bist, was für eine Berechtigung legst du dir zurecht, um zu jagen? Die erlegte Beute hast schon zu Hause.«

»Wie ist das damals abgelaufen mit der Ex-Frau?«

»Unschön. Davon kannst ausgehen.«

»Aber für dich war es die richtige Entscheidung damals, oder?«

»Fürs Bereuen hat man später genug Zeit. Wenn du das vorher machst, wird es schwierig, und dann beginnt das Hirnwichsen.«

»Was wäre gewesen, wenn du dich nicht für die Johanna entschieden hättest und bei der Lisa geblieben wärst?«

»Hätte, würde, wäre. Alles wurscht.«

»Das heißt, die Lisa war dein Traum, den du angeschmachtet, die Johanna die Affäre, der du dich hingegeben und in logischer Konsequenz schließlich geheiratet hast?«

»Akkurat zusammengefasst. Und bei dir? Die eine, die du nicht vergessen kannst?«

»Die, die sich mit meinem Kind umgebracht hat.«

»Im Ernst?«

»Im Ernst.«

»Danach hast dich nicht mehr verliebt?«

»Eher so, dass ich es mir nicht mehr erlaubt habe.«

»Da verpasst du einiges im Leben, wenn du dir Dinge nicht erlaubst, die ungeplant passieren.«

»Es beschützt mich.«

»Vor Schmerzen?«

»Verlust.«

»Aber wenn jetzt wirklich die Eine käme, die Popschi-wackelnd und mit Herzen in den Augen vor dir stünde und dir zerreißt's vom Kopf übers Herz bis in die Jeans runter alles, weil du sie unbedingt haben willst?«

»Dann halt ich dagegen.«

»Harte Drecksau.«

»Yeah.«

»Da tust du die ganze Zeit auf unbeschwert, cool und hip, und dabei bist eigentlich schon eine recht alte Seele. Geht's dir gut?«

»Alles okay.«

»Wird schon, Bub. Wird schon.«

»Lieb, wie du mir auf den Rücken geklopft hast. So arg fest hätt's aber gar nicht sein müssen.«

»Fest ist manchmal gut, damit man sich spürt.«

»Du drehst die ganze Zeit an deinem Ehering.«

»Echt? Ist mir gar nicht aufgefallen.«

»Komm her.«

»Bin eh schon da.«
»Näher.«
»Mund ist Mund, oder?«
»Ja.«
»Jetzt?«
»Ja.«
»Warte. Nach was schmeckt meine Frau für dich?«
»Rotwein und Zigaretten. Immer.«
»Manchmal eine gute Mischung.«
»Es geht.«
»Jetzt hast mich überrascht.«
»Fast romantisch.«
»Irgendwie seltsam.«
»Nicht gut?«
»Schau, ich will jetzt nicht kindisch sein. Darum sag ich: Es war gut.«
»Du schmeckst nach Gras.«
»Du nach Jägermeister.«
»Einmal reicht dann wahrscheinlich.«
»Man sollt viele Dinge nur einmal machen.«
»Yeehaw.«
»Bleiben wir lieber Cowboys.«
»Sowieso.«
»Ich bin so kaputt.«
»Das sind wir alle«, sagt der Pawel und zündet sich eine Zigarette an, »nur redet keiner darüber.«

Reden, reden, reden. So viel wie an diesem Abend, der zu einer von Seltsamkeiten durchzogenen Nacht geworden ist, hat der Pawel schon lange nicht mehr geredet. Beim Pawel muss man wissen, dass er eigentlich recht schweigsam ist, weil er der Regel folgt, dass man, wenn man nichts zu sagen hat, lieber den Mund halten soll. Für den ist der Austausch von belanglosen Oberflächlichkeiten grausam. Aber das mit dem Bertl hat eine feine Grundstimmung. Trotzdem fühlt er sich unbeholfen, wie ein Welpe über taufrisches Sommergras tapsend. Das ist neu und deshalb interessant. Gleich lässt er sich zu etwas hinreißen, für das er Mut braucht, aber er fühlt sich gerade sehr verwegen.

»Und wenn's rein theoretisch nicht bei diesem einem Mal bleiben würde?«, fragt der Pawel.

»Nicht dein Ernst jetzt?«

»Schon. Irgendwie.«

»Du hast einen Knall.«

»Du wolltest, dass ich dich küsse.«

»Das bedeutet nicht, dass ich mit dir Sachen machen will, die ich mit einem Mann noch nie gemacht hab, du Koffer.«

»Unterbewusst vielleicht doch.«

»Mein Unterbewusstsein ist Sperrgebiet. Betreten verboten, Bub. Was willst du überhaupt von mir? Du hast meine Frau gefickt. Weißt du, wie skurril das ist? Vor ein paar Stunden bist du neben ihr gelegen, und ihr habt weißt Gott was mit Erdbeeren und Eiswürfeln gemacht – beides Sachen, die in meinem verdammten Kühlschrank waren, möchte ich nur anmerken, du hast überhaupt kein Recht auf diese Erdbeeren gehabt, und auf die Eiswürfel schon gar nicht – und wieder ein paar Stunden später sitzen wir da, zwei Affen, einer kaputter als der andere, ich hab deinen Schwanz gesehen, dann dieser Scheißkuss und jetzt müssen wir diskutieren, ob's bei diesem einen Mal bleiben soll! Mir reißt gerade jeder Faden, aber so was von!«

»Bertl.«

»Komm mir jetzt ja nicht blöd.«

»Reg dich nicht auf. Entspann dich.«

»Entspann dich gefälligst selbst. Warum kannst nicht endlich einfach heimgehen?«

»Soll ich gehen?«

»Ist mir wurscht.«

»Dann geh ich.«

»Passt.«

»Krieg ich den Flachmann wieder?«

»Nein.«

»Du bist kindisch.«

»Der Flachmann und ich bleiben hier sitzen. Für immer.«

»Von mir aus. Ich geh nach Hause.«

»Okay.«

»Kommst mit?«

»Red ich chinesisch? Hast du mir zugehört?«

»Habe ich. Und kommst mit?«

»Okay.«

»Dann komm.«

»Wohnst weit weg?«

»Nicht so schlimm. Nehmen wir uns ein Taxi. Schau, da vorne kommt eins.«

»Ich ruf's.«

»Bertl, pack den Mittelfinger ein. Bitte. Lass es einfach und komm.«

»Aber ich will lustig sein«, sagt der Bertl und versucht, langsam aufzustehen, aber das ist schwierig, weil in seinem Kopf gerade alles so flauschig und lustig ist.

»Bist du. Los jetzt«, sagt der Pawel und greift ihm unter den Arm, um ihm aufzuhelfen.

Ach geh, bitte, scheiße, denkt der Pawel, nacdem er dem Bertl geholfen hat, ins Taxi einzusteigen.

Die markante Stimme von seinem Vater kommt ihm wieder in den Kopf, und dann verlangt es dem Pawel den Rest seiner Kräfte ab, diese Stimme wieder in den Nebel zu verbannen. Dorthin, wo sie ihm nicht ins Ohr flüstern kann: Bist ein kleiner Schwuler?

Bevor er einsteigt und sich neben den Bertl auf den gepolsterten Sitz sinken lässt, hat er Zeit, vielleicht fünf Sekunden, um nachzudenken. Hau die Autotüre zu und verschwinde, du bist diesem Mann nichts schuldig. Gar nichts. Egal was du getan hast, vergiss, dass diese Sache passiert ist. Du passt in dieses Bild nicht hinein. Der Bertl, die Johanna. Du dazwischen. Aber den Bertl alleine lassen – wie soll das gehen?

Ich muss es wissen, denkt der Pawel. Ich muss ganz genau wissen, wie weit das gehen kann.

Wenn es jemals eine Sommernacht gegeben hat, in der man die Sternenkonstellation als überaus perfekt bezeichnen kann, dann ist es diese warme, nach so vielen Möglichkeiten riechende Augustnacht in Wien. Gut, das betretene Schweigen im Taxi ist unangenehm, als die beiden Männer nebeneinander gesessen sind. Mit geduckter Haltung, als wären sie Lausbuben, die etwas ausgefressen haben und gleich Ärger bekommen.

Benebelt war der Bertl schon noch, wegen des Trinkens, des Rauchens und der warmen Luft. Geredet wird während der Fahrt nicht, bis auf Pawel, der hat natürlich dem Taxifahrer seine

Adresse sagen müssen, so hingemurmelt. Der Bertl hat lustige, flauschige Wölkchen im Kopf, alles ist ein bisschen langsam, aber auf gute Weise. Er denkt sich: Geh leck, Bertl, was machst du da? Im Taxi ist es still, ganz Wien ist still, und das ist seltsam, weil diese Stadt einfach nie den Mund halten will. Das Innenleben dieses Taxis ist so stumm, das es ihm zu viel ist. Stille ist nur dann schön, wenn du sie dir aussuchen kannst.

»Alles gut?«, fragt der Pawel.

»Klar.«

»Bist müde?«

»Bissi.«

»Sind eh gleich da.«

»Wohnst alleine?«

»Ja. Glaubst, es warten dort eine Frau und drei Kinder in meiner Wohnung?«

»Weiß man nicht.«

»Ich bin alleine.«

»Das kenn ich«, sagt der Bertl und sein Kopf sinkt gegen den Oberarm vom Pawel.

Neun Euro später hält das Taxi in der Straße, wo der Pawel wohnt. Der Fotograf bezahlt, wünscht dem Taxifahrer eine schöne Nacht und viel Umsatz. Er hilft dem Bertl beim Aussteigen.

»Du kannst dich auf die Couch legen und ein bisschen schlafen, wenn du magst«, sagt er zu ihm.

»Glaubst, ich kann nicht mithalten?«

»Du musst nichts beweisen. Ich tu dir nichts.«

»Ich kann die ganze Nacht munter sein. Ich hab schon Nächte durchgefeiert, bevor's dich überhaupt gegeben hat. Hättest mich treffen sollen, wie ich zwanzig war.«

»Warst du wild?«

»Aber wie!«

Mitten im »Aber wie!« sind sie schon in der Wohnung und ziehen sich die Schuhe aus.

»Altsein macht keinen Spaß«, sagt der Bertl und stützt sich dabei mit einer Hand an der cremefarbenen Garderobenwand ab. Der Pawel holt ein Glas Wasser aus der Küche und bringt es seinem Gast. Der Bertl sitzt auf einer länglich weiß gepolsterten Vorzimmerkiste mit drei Schubladen und nimmt ein, zwei, drei Schlucke vom Wasser, dann stellt er das Glas neben sich auf den Boden.

Der Pawel beobachtet ihn ruhig, lehnt sich mit dem Rücken gegen die Wand.

»Ich steh jetzt auf«, sagt der Bertl.

»Okay.«

»Und dann Bub, komm ich zu dir rüber.«

Der Pawel grinst und denkt: Okay.

»Irgendwie«, sagt der Pawel und beginnt, den

Gürtel vom Bertl aufzumachen, »ist es schön, dass es keine Lösung gibt für das Leben, verstehst? Wir stecken alle in demselben Misthaufen fest.«

»Misthaufen«, wiederholt der Bertl monoton, nur um irgendetwas zu sagen.

Der Bertl schaut ihm nicht ins Gesicht, mehr auf die Finger, und denkt sich, okay, damit das zumindest irgendeinen Sinn für dich ergibt, stellst dir vor, dass es Frauenfinger sind, und im gleichen Moment denkt er, warum eigentlich? Pawels Gesicht ist nah bei ihm und er weiß, dass der Pawel denkt: Entspann dich, Bertl, entspann dich. Und der Bertl weiß, dass der Pawel weiß, dass er denkt: Komm mir jetzt ja nicht blöd. Ich kenn mich schon aus.

»Nimm es an«, sagt er leise und seine Finger machen weiter, als wäre Zeit etwas für immer Verfügbares.

»Was?«, fragt der Bertl leise.

»Das Leben.«

Dann ist es wieder still, fast, und er lässt los.

Später sagt er Bertl: »Sehr arg«, und der Pawel antwortet: »Schon.«

Die beiden schweigen ein paar Minuten lang und überlegen, was da gerade passiert ist.

»Weißt du, was ich jetzt gern machen würd?«, sagt der Bertl, streckt seine Beine auf dem breiten Sofa aus und wackelt mit den Zehen.

»Was denn?«, fragt der Pawel und setzt sich auf.

»Zum Flughafen fahren und nach Istanbul fliegen.«

»Warum gerade nach Istanbul?«

»Ich würd gern irgendwas machen, das ich noch nie gemacht hab.«

»Zum Beispiel?«

»Einen Roman schreiben. In Istanbul. Und mich vorher oder nachher ein bisschen verlieben.«

»Richtig schirch verlieben«, erinnert sich der Pawel.

»Genau.«

»Hört sich fein an. Warum machst du es nicht?«

»Geh bitte, sobald ich heimkomme und mir die Nacht weggeschlafen hab, beginnt mein Leben wieder von vorn.«

»Du hast die Wahl.«

»In deinem Alter. Wie alt bist? Dreißig? Geh, Bub. Ja, da hätt ich abspringen sollen, als ich dreißig war. Da wär es sich noch ausgegangen.«

»Verzeihst du deiner Frau das Fremdgehen?«

»Nein. Aber das könnt mein Anfang werden für den Roman.«

»Der Betrug?«

»Ja. Man braucht immer einen Konflikt, glaub ich. Sonst ist es langweilig.«

»Aber im Buch kann ich wieder Pawel heißen.«

»Ja. Passt eh besser zu dir als Franz.«

»Und der Kuss ist der Mittelteil in dem Roman?«

»Er ist der Anfang.«

»Wirklich?«

»Mein Anfang.«

»Dann bin ich gespannt.«

»Aufs Buch?«

»Darauf, was nach dem Anfang passiert. Es muss ja weitergehen. Irgendwie.«

»So genau hab ich mir das gar nicht überlegt.«

»Hast ja noch Zeit.«

»Wirst sie weiterhin ficken?«

»Deine Frau? Ich denke nicht.«

»Warum nicht?«

»Das geht jetzt nicht mehr.«

»Weil ich's rausgefunden hab?«

»Nein. Weil ich dich gern hab.«

»Was ist mit uns?«

»Willst du ein Uns?«

»Gegenfrage ist unfair.«

»Deine Frage auch«, sagt der Pawel.

Der Bertl atmet tief durch und sagt: »Schau, Bub. Ich möcht nicht mit jemandem sein, den's gar nicht gibt.«

»Ich bin eh ich«, antwortet der Pawel.

»Vielleicht nicht.«

»Warum bist du jetzt so?«

»Weil ich's scheiße find.«

»Du hast keine Ahnung, was ich durchgemacht hab.«

»Ein bisschen hast schon erzählt.«

»Das war noch lang nicht alles.«

»Im Prinzip ist es egal, was war. Man muss sich nur fragen, wie es jetzt ist.«

»Kannst du dich klar ausdrücken?«

»Ich denk, dass du unglücklich bist. Hast du dich schon mal selbst fotografiert?«

Der Pawel schweigt.

»Weißt«, sagt der Bertl, »wenn du siehst, wie traurig du ausschaust, könntest du das schwer ignorieren.«

Der Pawel sagt nichts und schaut alles an, nur nicht den Bertl.

»Ich mein's nicht böse.«

»Was gibt dir eigentlich das Recht …«, sagt der Pawel leise.

»Eh nichts.«

»Was gibt dir eigentlich das Recht, so auf mich runterzuschauen?«

»Es tut mir leid. Setzt dich wieder hin.«

»Bin ich ein Arschloch, weil ich deine Frau gefickt

hab: Ja. Bin ich ein Arschloch, weil sich jemand wegen mir umgebracht hat: Ja. Muss ich mich deshalb mein Leben lang schuldig fühlen? Bin ich's nicht wert, dass man mich lieb hat?«

»Bub.«

»Hör auf mit dem Dreck.«

»Ich hab dich lieb.«

»Schwachsinn.«

»Nein.«

»Scheiße.«

»Ja«, sagt der Bertl.

»Meinst das so?«, fragt der Pawel nach kurzem Zögern.

»Ich mein das so.«

THOMAS MEYER

Die Schickse

Das Unheil war vergangenen November über mich hereingebrochen.

In keiner Weise ahnend, was mich dort erwarten würde, radelte ich morgens fröhlich zur uniwersitejt; im Rucksack verstaut Laptop, Notizblock, Schreibetui, zwaj bichlech über Wirtschaft und eine Banane mit einem brojnen Fleck. Es war ein wolkenloser, aber ausgesprochen kalter tog, und als ich die Uni betrat, beschlug meine briln sofort. Nachdem ich sie abgenommen und die Gläser mit meinem Pulloversaum klargerieben hatte, stieg ich die nunmehr wieder sichtbare Treppe zum Vorlesungssaal hinauf. Vor dessen tir hatte sich eine Stauung von Menschen ergeben. Ich stellte mich an.

Da rief neben mir eine junge froj: »Laura!«

Ein paar Schritte weiter vorn drehte sich ein mejdl um. Sein hell-brojnes, langes hor tat einen frischen Schwung und brachte große, grüne ojgn hervor, die in einem punem von solcher Anmut, von solchem Liebreiz und solcher Lebendigkeit leuchteten, dass ich mit staunendem Mund stehen blieb.

Noch nie hatte ich eine derart schejne froj erblickt, und unwillkürlich sprach ich leise den Segensspruch beim Sehen von Bäumen oder anderen Geschöpfen von außergewöhnlicher Schönheit: »Baruch ata adonai, elohenu melech ha'olam, schekacha lo be'olamo«; gelobt seist du, Ewiger, unser G't, König der Welt, dies alles ist Bestandteil seiner Welt.

Die bejden Freundinnen umarmten sich und ich wünschte mir, ich wäre es, der so herzlich von dieser Laura begrüßt würde. Ein wehes glik stieg dabei in mir empor; sehnsüchtig und selig zugleich, als spielten tojsnt Himmelswesen auf tojsnt kleinen Violinen klesmer. Ein Empfinden, das sich erheblich steigerte, als ich Laura beim Betreten des Vorlesungssaales verstohlen auf den tuches schaute. Denn was ich da sah, war so ganz anders als alles mir Bekannte; es war so … – ich muss die Worte suchen – … so kompakt. Und so gewinnend!

Sofort fühlte ich mich sejer schlecht, auf mehreren Ebenen; als hätte ich ein Kilo milchikes mit einem Kilo fleischikem vermengt und in einem Bissen heruntergewürgt. Mir gefiel diese Laura unsäglich. Doch allein schon der Tatsache, dass sie hojsn trug – wohlgemerkt auffallend sportlich geschnittene –, war zu entnehmen, dass es sich bei dieser froj um eine schikse handelte; auch ihr unjüdischer

Name verriet, dass sie mit großer Wahrscheinlichkeit regelmäßig Schweine aß und am schabbes hemmungslos elektrische Gerätschaften in Gang setzte. Dennoch empfand ich den Namen Laura als Wohlklang, und ich muss gestehen, dass sich die Achse meiner jiddischkajt an diesem frimorgn leicht verschob.

Es gibt diesbezüglich seltene kleine, verzeihliche Fehltritte; mol schreibt man am frajtik kurz nach Sonnenuntergang noch jemandem einen blizbrif, mol begegnet einem ein frei laufender junger Hund, und obwohl Hunde unkoscher sind, kann es vorkommen, dass man diesem Hund den kop tätschelt und dann rasch weitergeht, in der hofenung, es habe kein jid zugeschaut. Auch in der Migros in Wiedikon macht man das so, wenn man ausnahmsweise etwas kauft, das nicht auf der Koscher-Liste unserer Gemeinde, der Israelitischen Religionsgesellschaft, zu finden ist; dann schaut man erst nach links und nach rechz, bevor man es in den Korb legt.

Diese Dinge kommen vor.

Jedoch einer schikse auf den tuches zu starren und in ihrer Erscheinung die Erfüllung aller Sehnsüchte zu wähnen: So was kommt nicht vor.

Wohl aus diesem Grund vernahm ich an jenem tog tief in mir drin die warme schtim von G't:

Mordechai, geliebtes Kind!

Ich zuckte leicht zusammen: »Ja, ojberschter in himl?«

Und G’t sprach: *Ich hub deine unkoscheren gedankn gehert.*

Ich schwieg.

Und G’t sprach: *Wir sind uns einig, dass sie unkoscher sind?*

Ich nickte kurz und rasch.

Und G’t sprach: *Und wir sind uns einig, dass unkoscher … nun ja: unkoscher ist?*

Ich nickte noch amol.

Und G’t sprach: *Fein. A gitn tog, geliebtes Kind.*

Damit erlosch das Licht in meinem Innersten wieder.

Einen Augenblick noch blieb ich so stehen. Dann betrat ich den Vorlesungssaal; gerade in dem Moment, als die glok den Beginn der Vorlesung markierte. Ich schämte mich für meinen Verrat am Schild des David.

Von dem, was die Professorin danach über die Thesen des englischen Ökonomen Robert Torrens verzählte, bekam ich wenig mit, da ich mit dem Versuch beschäftigt war, die kognitive Dissonanz aufzuheben, die sich aus Lauras Wirkung auf mich ergab, verbunden mit der Tatsache, dass sie als

Nichtjüdin eigentlich gar keine solche auf mich haben durfte.

Was eine kognitive Dissonanz ist, wusste ich von Yossi, einem Jugendfreund, der an derselben uniwersitejt Psychologie studierte: Es handelt sich um die Spannung der Widersprüchlichkeit, wie sie der rojcherer erleidet, der gern rojcht, aber weiß, dass es seiner gesunthajt schadet. Yossi hatte mir auch erklärt, wie diese Dissonanz aufzuheben oder wenigstens auf ein erträgliches Maß zu reduzieren sei: Der rojcherer beispielsweise rede sich immer wieder von neuem ein, rojchern sei gar nicht so ungesund, höchstens ein wenig und auch nicht zwingend in jedem Fall. So könne er wieder eine Weile ohne die störenden Widerspruchsgefühle weiterrojchern.

Auf Laura angewandt, standen mir somit folgende Haltungen zur Auswahl:

1. *Laura ist gar nicht so attraktiv.*
2. *Laura ist gar nicht so unjüdisch.*
3. *Es ist gar nicht so wichtig, ob eine froj jüdisch ist.*

Von all diesen meglechkajtn, sich die Realität zurechtzubiegen, erschien mir die dritte als am wenigsten weit hergeholt. Sie erzeugte aber sogleich eine neue Dissonanz, denn selbst wenn ich mir erfolgreich einzureden vermocht hätte, es sei gar nicht so wichtig, ob eine froj jüdisch sei, so wusste ich doch bereits, wer mir das – nebst G't – sofort und restlos wieder ausreden würde.

So ging das eine Weile in meinem kop hin und her, derweil ich immer wieder blikn in Lauras Richtung warf.

Dann war die Vorlesung vorüber und die Studentenschaft trieb heiter plaudernd dem Ausgang zu, so wie sie sich vorhin hineingedrängt hatte. Ich packte den unbenutzten Notizblock und mein Schreibzeug in meinen Rucksack und sah wehmütig zu, wie Lauras hor-Schopf zwischen all den anderen Köpfen verdämmerte.

Das war, wie schon gesagt, im November gewejn.

Seither erfüllte mich einerseits gehörig gewachsene frejd am Studium und ich besuchte die Vorlesungen wesentlich fleißiger, andererseits florierte dadurch auch meine Dissonanz, denn ich sollte mich ja nicht freuen.

Geschehen war in dieser zajt nichts; ich konnte mich Laura nie auf weniger als finf Meter nähern, was zu gleichen Teilen religiösen Gewissensbissen und meiner Schüchternheit geschuldet war. Die zahlreichen Gelegenheiten, mich mehr oder weniger zufällig neben Laura zu setzen, in der Vorlesung, im Lichthof oder in der Mensa, ließ ich mol um mol wie gelähmt vorüberziehen.

So schmachtete ich eben stumm, geheim und von fern vor mich hin, erzählte keiner Seele von Laura und steckte meine Regungen in den hintersten Winkel meines Bewusstseins, und wenn sie von dort hervorlugten wie ein neugieriges Kind aus seinem Bettchen, so schimpfte ich mit ihnen, sie sollen sich trollen, und sie trollten sich.

Und es wurde Winter und es wurde friling, und ich hatte Laura in dieser zajt häufig gesehen und jedes mol gleich empfunden, mit steigender Entwicklung.

Und jedes mol erklang in mir das gütige Wort von G't und gemahnte mich an die Spielregeln, doch sinnlos; bei der nächsten Begegnung mit diesem Laura-Geschöpf brach ich sie wieder und bewunderte ihren tuches und die köstliche Weise, in der sie ihn bewegte.

Und G't seufzte in mir herum und ich stimmte mit ein, aus ganz anderen Gründen.

Text- und Bildnachweis

Alfred Andersch (4. Februar 1914, München – 21. Februar 1980, Berzona)

Paris, 1. Mai 1977. Aus: Alfred Andersch, *Empört euch der Himmel ist blau. Gedichte und Nachdichtungen 1946–1977.* Copyright © Diogenes Verlag AG, Zürich 1997

Markus Berges (*9. August 1966, Telgte)

busfahrt. Aus: Markus Berges, *liebeslieder.* Copyright © 2014 by Aisthesis Verlag, Bielefeld

Doris Dörrie (26. Mai 1955, Hannover)

Von Frauen in Hotelzimmern. Aus: Doris Dörrie, *Für immer und ewig.* Copyright © 1991 by Diogenes Verlag AG, Zürich

Jörg Fauser (16. Juli 1944, Bad Schwalbach – 17. Juli 1987, München)

Berlin, Paris, New York. Aus: Jörg Fauser, *Trotzki, Goethe und das Glück. Gesammelte Gedichte und Songtexte.* Copyright © by Osswald & Osswald

Anna Herzig (*1981, Wien)

Eine Sommernacht (Titel des Herausgebers). Auszug aus Anna Herzig, *Sommernachtsreigen.* Copyright © 2018 Verlag Voland & Quist GmbH, Dresden und Leipzig

Patricia Highsmith (19. Januar 1921, Fort Worth, Texas – 4. Februar 1995, Locarno)

Vor dem Flug. Aus dem Amerikanischen von Dirk van

Gunsteren Aus: Patricia Highsmith, *Der Schneckenforscher. Stories.* Copyright © 2003 by Diogenes Verlag AG, Zürich

Mariana Leky (*12. Februar 1973, Köln)
Die Liebe des Optikers. Aus: Mariana Leky, *Was man von hier aus sehen kann.* Copyright © 2017 by DuMont Buchverlag, Köln

Anthony McCarten (*28. April 1961, New Plymouth, Neuseeland)
Druck. Aus dem Englischen von Manfred Allié und Gabrile Kempf-Allié. Aus: Anthony McCarten, *Englischer Harem.* Copyright © 2001, 2005 by Anthony McCarten

Ian McEwan (*21. Juni 1948, Aldershot)
Der kleine Tod. Aus dem Englischen von Michael Walter. Aus: Ian McEwan, *Zwischen den Laken.* Copyright © für die deutsche Übersetzung 1982, 2008 by Diogenes Verlag AG, Zürich. Copyright © 1977 by Ian MacEwan, veröffentlicht mit Genehmigung Nr. 71688 by Paul & Peter Fritz AG in Zürich

Thomas Meyer (*1974, Zürich)
Die Schickse (Titel vom Herausgeber). Aus: Thomas Meyer, *Wolkenbruchs wunderliche Reise in die Arme einer Schickse.* Copyright © 2012 by Salis Verlag AG, Zürich

Christoph Niemann (*21. September 1970, Waiblingen)
Illustrationen auf den Seiten 12, 40, 82, 140, 190 und 214. Copyright © 2018 by Christoph Niemann

Thomas Ott (*10. Juni 1966, Zürich)
Illustrationen auf den Seiten 9, 22, 46, 56, 90, 102 und 135. Copyright © 2018 by Thomas Ott

Stefan Slupetzky (*1962, Wien)
Gliederreißen. Aus: Stefan Slupetzky, *Absurdes Glück.* Copyright © 2004 by Picus Verlag GmbH, Wien